U0088096

「腳麻了」怎麼說？

你不能不學的 日語常用句

50音基本發音表

清音

a ㄚ	i ㄧ	u ㄨ	e ㄝ	o ㄡ
あ ア	い イ	う ウ	え エ	お オ
ka ㄎㄚ	ki ㄎㄧ	ku ㄎㄨ	ke ㄎㄝ	ko ㄎㄡ
か カ	き キ	く ク	け ケ	こ コ
sa ㄙㄚ	shi ㄒㄧ	su ㄙㄨ	se ㄙㄝ	so ㄙㄡ
さ サ	し シ	す ス	せ セ	そ ソ
ta ㄊㄚ	chi ㄑㄧ	tsu ㄘ	te ㄊㄝ	to ㄊㄡ
た タ	ち チ	つ ツ	て テ	と ト
na ㄋㄚ	ni ㄋㄧ	nu ㄋㄨ	ne ㄋㄝ	no ㄋㄡ
な ナ	に ニ	ぬ ヌ	ね ネ	の ノ
ha ㄏㄚ	hi ㄏㄧ	fu ㄈㄨ	he ㄏㄝ	ho ㄏㄡ
は ハ	ひ ヒ	ふ フ	へ ヘ	ほ ホ
ma ㄇㄚ	mi ㄇㄧ	mu ㄇㄨ	me ㄇㄝ	mo ㄇㄡ
ま マ	み ミ	む ム	め メ	も モ
ya ㄧㄚ		yu ㄧㄩ		yo ㄧㄡ
や ヤ		ゆ ユ		よ ヨ
ra ㄌㄚ	ri ㄌㄧ	ru ㄌㄨ	re ㄌㄝ	ro ㄌㄡ
ら ラ	り リ	る ル	れ レ	ろ ロ
wa ㄨㄚ		o ㄡ		n ㄣ
わ ワ	・	を ヲ		ん ン

濁音

ga ㄍㄚ	gi ㄍㄧ	gu ㄍㄨ	ge ㄍㄝ	go ㄍㄡ
が ガ	ぎ ギ	ぐ グ	げ ゲ	ご ゴ
za ㄗㄚ	ji ㄐㄧ	zu ㄗ	ze ㄗㄝ	zo ㄗㄡ
ざ ザ	じ ジ	ず ズ	ぜ ゼ	ぞ ゾ
da ㄉㄚ	ji ㄐㄧ	zu ㄗ	de ㄉㄝ	do ㄉㄡ
だ ダ	ぢ ヂ	づ ヅ	で デ	ど ド
ba ㄅㄚ	bi ㄅㄧ	bu ㄅㄨ	be ㄅㄝ	bo ㄅㄡ
ば バ	び ビ	ぶ ブ	べ ベ	ぼ ボ
pa ㄆㄚ	pi ㄆㄧ	pu ㄆㄨ	pe ㄆㄝ	po ㄆㄡ
ぱ パ	ぴ ピ	ぷ プ	ぺ ペ	ぽ ポ

MP3 004

拗音

kya ㄎ一ㄚ		kyu ㄎ一ㄩ		kyo ㄎ一ㄡ	
きゃ	キャ	きゅ	キュ	きょ	キョ
sha ㄒ一ㄚ		shu ㄒ一ㄩ		sho ㄒ一ㄡ	
しゃ	シャ	しゅ	シュ	しょ	ショ
cha ㄑ一ㄚ		chu ㄑ一ㄩ		cho ㄑ一ㄡ	
ちゃ	チャ	ちゅ	チュ	ちょ	チョ
nya ㄋ一ㄚ		nyu ㄋ一ㄩ		nyo ㄋ一ㄡ	
にゃ	ニャ	にゅ	ニュ	にょ	ニョ
hya ㄏ一ㄚ		hyu ㄏ一ㄩ		hyo ㄏ一ㄡ	
ひゃ	ヒャ	ひゅ	ヒュ	ひょ	ヒョ
mya ㄇ一ㄚ		myu ㄇ一ㄩ		myo ㄇ一ㄡ	
みゃ	ミャ	みゅ	ミュ	みょ	ミョ
rya ㄌ一ㄚ		ryu ㄌ一ㄩ		ryo ㄌ一ㄡ	
りゃ	リャ	りゅ	リュ	りょ	リョ

gya ㄍ一ㄚ		gyu ㄍ一ㄩ		gyo ㄍ一ㄡ	
ぎゃ	ギャ	ぎゅ	ギュ	ぎょ	ギョ
ja ㄐ一ㄚ		ju ㄐ一ㄩ		jo ㄐ一ㄡ	
じゃ	ジャ	じゅ	ジュ	じょ	ジョ
ja ㄐ一ㄚ		ju ㄐ一ㄩ		jo ㄐ一ㄡ	
ぢゃ	ヂャ	づゅ	ヂュ	ぢょ	ヂョ
bya ㄅ一ㄚ		byu ㄅ一ㄩ		byo ㄅ一ㄡ	
びゃ	ビャ	びゅ	ビュ	びょ	ビョ
pya ㄆ一ㄚ		pyu ㄆ一ㄩ		pyo ㄆ一ㄡ	
ぴゃ	ピャ	ぴゅ	ピュ	ぴょ	ピョ

● 平假名 | 片假名

目 錄

休閒生活篇

學校職場篇

實用短句篇

「腳麻了」怎麼說？

你不能不學的

日語常用句

居家日常篇

起床

□ 早安。

おはようございます。

o.ha.yo.u./go.za.i.ma.su.

□ 醒了嗎？

目が覚めた？

me.ga./sa.me.ta.

□ 再睡5分鐘。

あと5分で起きる。

a.to./go.fu.n.de./o.ki.ru.

□ 再讓我睡一下。

もう少し寝かせて。

mo.u./su.ko.shi./ne.ka.se.te.

□ 睡得好嗎？

よく眠れた？

yo.ku./ne.mu.re.ta.

□ 睡得很沉喔。

死んだように眠ったよ。

shi.n.da./yo.u.ni./ne.mu.tta.yo.

□ 好好地睡了一覺，所以神清氣爽。

ぐっすり眠ったからすっきりした。

gu.ssu.ri./ne.mu.tta./ka.ra./su.kki.ri./shi.ta.

□ 作了奇怪的夢。

変な夢を見た。

he.n.na./yu.me.o./mi.ta.

□ 打呼很大聲喔。

すごいいびきをかいていたよ。

su.go.i./i.bi.ki.o./ka.i.te./i.ta.yo.

□ 鬧鐘沒響。

目覚まし時計が鳴らなかった。

me.za.ma.shi.do.ke.i.ga./na.ra.na.ka.tta.

□ 還在打呵欠。

まだあくびしている。

ma.da./a.ku.bi./shi.te./i.ru.

11

早晨盥洗

□ 每天早上，都和家人搶洗手台。

毎朝、家族と洗面台の取り合いをする。

ma.i.a.sa./ka.zo.ku.to./se.n.me.n.da.i.no./to.ri.a.i.o./su.ru.

□ 不小心把牙膏滴到衣服上了。

うっかり洋服の上に歯磨き粉が垂れてしまった。

u.kka.ri./yo.u.fu.ku.no./u.e.ni./ha.mi.ga.ki.ko.ga./ta.re.te./shi.ma.tta.

□ 肥皂泡沫流進眼睛裡了。

石鹸が目に入っちゃった。

se.kke.n.ga./me.ni./ha.i.ccha.tta.

□ 手擦了嗎？

ちゃんと手を拭いた？

cha.n.to./te.o./fu.i.ta.

□ 仔細地打理下巴的鬍子。

丁寧にあごひげの手入れをする。

te.i.ne.i.ni./a.go.hi.ge.no./te.i.re.o./su.ru.

12

□ 正在留長鬍子。

ひげを生やそうとしている。

hi.ge.o./ha.ya.so.u.to./shi.te./i.ru.

□ 刮鬍子的時候割傷了臉。

ひげを剃っていて顔を切った。

hi.ge.o./so.tte./i.te./ka.o.o./ki.tta.

□ 洗完臉後，用化妝水進行保濕。

洗顔の後、化粧水を使って保湿する。

se.n.ga.n.no./a.to./ke.sho.u.su.i.o./tsu.ka.tte./
ho.shi.tsu./su.ru.

□ 水龍頭不要一直開著。

水を出しっぱなしにしないで。

mi.zu.o./da.shi.ppa.na.shi.ni./shi.na.i.de.

□ 撫平睡覺時翹起來的頭髮。

寝癖を直す。

ne.gu.se.o./na.o.su.

□ 今早一直無法弄好髮型。

今朝は、髪型が決まらない。

ke.sa.wa./ka.mi.ga.ta.ga./ki.ma.ra.na.i.

更衣

□ 把睡衣脫下來褶好。

パジャマを脱いで畳んだ。

pa.ja.ma.o./nu.i.de./ta.ta.n.da.

□ 釦子扣錯了喔。

ボタンを掛け違えてるよ。

bo.ta.no.o./ka.ke.chi.ga.e.te.ru.yo.

□ 幫小孩穿衣服。

子供に服を着せる

ko.do.mo.ni./fu.ku.o./ki.se.ru.

□ 覺得腰部很緊，原來是褲子前後穿反了。

腰回りがきついと思ったらパンツを
前後逆に履いてた。

ko.shi.ma.wa.ri.ga./ki.tsu.i.to./o.mo.tta.ra./
pa.n.tsu.o./ze.n.go.gya.ku.ni./ha.i.te.ta.

□ 換上西裝。

スーツに着替えた。

su.u.tsu.ni./ki.ga.e.ta.

14

□ 和昨天穿同條褲子。

昨日と同じズボンを履く。

ki.no.u.to./o.na.ji./zu.bo.n.o./ha.ku.

□ 前陣子買的連身裙，今天拿出來穿吧。

この間買ったワンピース、今日おろし
ちゃおうかな。

ko.no.a.i.da./ka.tta./wa.n.pi.i.su./kyo.u./o.ro.
shi.cha.o.u.ka.na.

□ 衣服 (裡外) 穿反了喔。

服が裏返しですよ。

fu.ku.ga./u.ra.ga.e.shi.de.su.yo.

□ 領帶老打不好啊。

ネクタイがうまく結べないな。

ne.ku.ta.i.ga./u.ma.ku./mu.su.be.na.i.na.

□ 絲襪勾破了。

ストッキングが伝線しちゃった。

su.to.kki.n.gu.ga./de.n.se.n./shi.cha.tta.

□ 在大衣上噴了除臭噴霧。

コートに消臭スプレーをかけた。

ko.o.to.ni./sho.u.shu.u./su.pu.re.e.o./ka.ke.ta.

衣著搭配

MP3
008

☐ 配合行程選衣服。

予定に合わせて服を選ぶ。

yo.te.i.ni./a.wa.se.te./fu.ku.o./e.ra.bu.

☐ 今天有會議，要穿得正式才行。

今日会議があるから、きちんとした
格好で行かないと。

kyo.u./ka.i.gi.ga./a.ru.ka.ra./ki.chi.n.to./shi.ta./ka.kko.u.de./i.ka.na.i.to.

☐ 沒有可以穿去公司的衣服。

会社に着て行く服がない。

ka.i.sha.ni./ki.te./i.ku./fu.ku.ga./na.i.

☐ 統一襪子和衣服的顏色。

靴下と服の色を揃える。

ku.tsu.shi.ta.to./fu.ku.no./i.ro.o./so.ro.e.ru.

☐ 依當下的心情選衣服穿。

その時の気分で着る服を選ぶ。

so.no./to.ki.no./ki.bu.n.de./ki.ru./fu.ku.o./e.ra.bu.

☐ 那個穿搭超棒！

そのコーディネートは素晴らしい！

so.no./ko.o.di.ne.e.to.wa./su.ba.ra.shi.i.

☐ 這個樣子不能和男友見面。

この格好では彼氏に会えない。

ko.no./ka.kko.u.de.wa./ka.re.shi.ni./a.e.na.i.

☐ 不喜歡誇張的打扮。

派手な格好は好きじゃない。

ha.de.na./ka.kko.u.wa./su.ki.ja.na.i.

☐ 相同設計的衣服，擁有多件不同顏色的。

同じデザインの洋服を、色違いで揃え
ている。

o.na.ji./de.za.i.n.no./yo.u.fu.ku.o./i.ro.chi.
ga.i.de./so.ro.e.te./i.ru.

☐ 暖氣壞了，多穿幾層衣服來喔。

暖房が壊れているので、たくさん重ね
着してきてね。

da.n.bo.u.ga./ko.wa.re.te./i.ru./no.de./ta.ku.
sa.n./ka.sa.ne.gi./shi.te./ki.te.ne.

17

準備出門

□ 熱衷於玩電玩玩出不了家門。

ゲームに夢中で家を出られない。

ge.e.mu.ni./mu.chu.u.de./i.e.o./de.ra.re.na.i.

- -

□ 不快點的話來不及喔。

急がないと間に合わないよ。

i.so.ga.na.i.to./ma.ni.a.wa.na.i.yo.

- -

□ 快一點！

急いで！

i.so.i.de.

- -

□ 再一下下啦。

もうちょっとだから。

mo.u./cho.tto./da.ka.ra.

- -

□ 今天說不定能坐上提前 1 班電車。

今日は 1 本早い電車に乗れるかも。

kyo.u.wa./i.ppo.n./ha.ya.i./de.n.sha.ni./no.re.
ru./ka.mo.

☐ 不能再等了。

もう待てないよ。

mo.u./ma.te.na.i.yo.

☐ 沒忘東西吧？

忘れ物はない？

wa.su.re.mo.no.wa./na.i.

☐ 把東西忘在房間了。

部屋に忘れ物をしてきた。

he.ya.ni./wa.su.re.o.no.o./shi.te./ki.ta.

☐ 前門的鎖了嗎？

玄関の鍵は閉めた？

ge.n.ka.n.no./ka.gi.wa./shi.me.ta.

☐ 下雨了！

雨が降ってきた！

a.me.ga./fu.tte./ki.ta.

☐ 要是遲到了我可不管。

遅刻しても知らないからね。

chi.ko.ku./shi.te.mo./shi.ra.na.i./ka.ra.ne.

回家

□ 我回來了。

ただいま。

ta.da.i.ma.

□ 歡迎回來。

お帰りなさい。

o.ka.e.ri.na.sa.i.

□ 今天學校怎麼樣？

今日、学校どうだった？

kyo.u./ga.kko.u./do.u.da.tta.

□ 今天也很晚呢。

今日も遅かったね。

kyo.u.mo./o.so.ka.tta.ne.

□ 糟了，今天是宅配寄到的日子。

しまった！今日は宅配便の届く日だった。

shi.ma.tta./kyo.u.wa./ta.ku.ha.i.bi.n.no./to.do.ku.hi.da.tta.

□ 一如往常的 1 天。

いつも通りの 1 日だった。

i.tsu.mo./do.o.ri.no./i.chi.ni.chi.da.tta.

□ 今天是很匆忙的 1 天。

今日は慌ただしい 1 日だった。

kyo.u.wa./a.wa.ta.da.shi.i./i.chi.ni.chi.da.tta.

□ 糟了，門沒鎖 (就出門了)。

しまった、カギ開けっぱなしだった。

shi.ma.tta./ka.gi./a.ke.ppa.na.shi.da.tta.

□ 忘了關空調。

あ、エアコンを消し忘れちゃった。

a./e.a.ko.n.o./ke.shi.wa.su.re.cha.tta.

□ 已經超過門限了喔。

門限すぎてるよ。

mo.n.ge.n.su.gi.te.ru.yo.

□ 有客人來喔。

お客さんが来てるよ。

o.kya.ku.sa.n.ga./ki.te.ru.yo.

沐浴

MP3
011

□ 洗澡水已經加熱好了囉。

お風呂、沸かしといたよ。

o.fu.ro./wa.ka.shi.to.i.ta.yo.

- -

□ 不想洗澡，明天早上再洗吧。

お風呂に入りたくない。明日の朝にし

ようか。

o.fu.ro.ni./ha.i.ri.ta.ku.na.i./a.shi.ta.no./a.sa.
ni./shi.yo.u.ka.

- -

□ 洗完澡喝的酒特別美味。

風呂上がりの１杯はおいしい。

fu.ro.a.ga.ri.no./i.ppa.i.wa./o.i.shi.i.

- -

□ 體內都暖了起來。

体の芯まで温まった。

ka.ra.da.no./shi.n./ma.de./a.ta.ta.ma.tta.

- -

□ 水溫剛好。

いい湯加減だった。

i.i./yu.ka.ge.n.da.tta.

22

□ 沒有熱水。

お湯が出ない。

o.yu.ga./de.na.i.

□ 用搓澡布擦背。

あかすりで背中をこする。

a.ka.su.ri.de./se.na.ka.o./ko.su.ru.

□ 清潔耳朵。

耳掃除をする。

mi.mi.so.u.ji.o./su.ru.

□ 鼻毛跑出來囉。

鼻毛、飛び出しているよ。

ha.na.ge./to.bi.da.shi.te./i.ru.yo.

□ 用浴巾擦身體。

バスタオルで体を拭く。

ba.su.ta.o.ru.de./ka.ra.da.o./fu.ku.

□ 除體毛。

ムダ毛を処理する。

mu.da.ke.o./sho.ri./su.ru.

疲勞休息

□ 你的臉看起來很累。

疲れた顔をしていますね。

tsu.ka.re.ta./ka.o.o./shi.te./i.ma.su.ne.

□ 很沒勁哪裡都不想去。

気だるくてどこにも行きたくない。

ke.da.ru.ku.te./do.ko.ni.mo./i.ki.ta.ku.na.i.

□ 真的累翻了。

もうヘトヘトだ。

mo.u./he.to.he.to.da.

□ 太累了，連和家人都不想講話。

あまりに疲れて家族に口もきけなかった。

a.ma.ri.ni./tsu.ka.re.te./ka.zo.ku.ni./ku.chi.mo./ki.ke.na.ka.tta.

□ 你看起來好像累翻了。

なんだか疲れきってるようね。

na.n.da.ka./tsu.ka.re.ki.tte.ru./yo.u.ne.

□ 今天身體狀況不太好。

今日は体調があまりよくないの。

kyo.u.wa./ta.i.cho.u.ga./a.ma.ri./yo.ku.na.i.no.

□ 因為睡眠不足，站著覺得頭暈。

睡眠不足のせいで立ちくらみがする。

su.i.mi.n.bu.so.ku.no./se.i.de./ta.chi.ku.ra.
mi.ga./su.ru.

□ 今天感覺用盡精力了。

今日はエネルギーが切れそう。

kyo.u.wa./e.ne.ru.gi.i.ga./ki.re.so.u.

□ 眼皮重得打不開眼睛。

まぶたが重くて目が開かない。

ma.bu.ta.ga./o.mo.ku.te./me.ga./a.ka.na.i.

□ 有黑眼圈囉。

目の下にくまが出てるよ。

me.no./shi.ta.ni./ku.ma.ga./de.te.ru.yo.

□ 在打瞌睡。

うとうとしてる。

u.to.u.to./shi.te.ru.

25

洗衣

□ 髒衣服要放到洗衣籃啦。

せんたくもの せんたく
洗濯物は洗濯カゴに入れてよ。

se.n.ta.ku.mo.no.wa./se.n.ta.ku.ka.go.ni./i.re.
te.yo.

□ 堆了很多待洗衣物。

せんたくもの た
洗濯物が溜まっている。

se.n.ta.ku.mo.no.ga./ta.ma.tte./i.ru.

□ 把夾克拿去乾洗店。

ジャケットをクリーニングに出した。

ja.ke.tto.o./ku.ri.i.ni.n.gu.ni./da.shi.ta.

□ 把衣服拿去烘乾後縮水了不能穿。

ふく かんそうき ちぢ き
服を乾燥機にかけたら、縮んで着られ

なくなっちゃった。

fu.ku.o./ka.n.so.u.ki.ni./ka.ke.ta.ra./chi.
ji.n.de./ki.ra.re.na.ku./na.ccha.tta.

□ 忘了把衣服收進來。

せんたくもの と い わす
洗濯物の取り入れを忘れていた。

se.n.ta.ku.mo.no.no./to.ri.i.re.o./wa.su.re.te./
i.ta.

□ 把牛仔褲反過來洗。

ジーンズを裏返して洗う。

ji.i.n.zu.o./u.ra.ga.e.shi.te./a.ra.u.

□ 用衣架把 T 恤掛好。

T シャツをハンガーに掛ける。

ti.sha.tsu.o./ha.n.ga.a.ni./ka.ke.ru.

□ 把襪子晒在吊襪架上。

ピンチハンガーに靴下を干した。

pi.n.chi.ha.n.ga.a.ni./ku.tsu.shi.ta.o./ho.shi.ta.

□ 襯衫洗了後褪色了。

シャツを洗ったら色落ちした。

sha.tsu.o./a.ra.tta.ra./i.ro.o.chi./shi.ta.

□ 還濕濕的。

まだ湿っている。

ma.da./shi.me.tte./i.ru.

□ 把衣服晒在房間裡，衣服沒乾的臭味很重。

部屋干ししたら生乾きの匂いすごかった。

he.ya.bo.shi./shi.ta.ra./na.ma.ga.wa.ki.no./ni.o.i./su.go.ka.tta.

打掃

□ 這時間用吸塵器的話會吵到鄰居是吧。

この時間に掃除機をかけたら近所迷惑
だよね。

ko.no./ji.ka.n.ni./so.u.ji.ki.o./ka.ke.ta.ra./
ki.n.jo.me.i.wa.ku.da.yo.ne.

□ 才 1 星期就積了這麼多灰塵。

1 週間でこんなにホコリが積もった。

i.sshu.u.ka.n.de./ko.n.na.ni./ho.ko.ri.ga./tsu.
mo.tta.

□ 書架上的灰塵很顯眼。

本棚のホコリが目立つね。

ho.n.da.na.no./ho.ko.ri.ga./me.da.tsu.ne.

□ 油污很難去除。

油汚れは落ちにくいな。

a.bu.ra.yo.go.re.wa./o.chi.ni./ku.i.na.

□ 收納空間不夠。

収納スペースが足りないな。

shu.u.no.u./su.pe.e.su.ga./ta.ri.na.i.na.

☐ 自己的房間自己收啦。

自分の部屋を自分で片付けてよ。

ji.bu.n.no./he.ya.o./ji.bu.n.de./ka.ta.zu.ke.
te.yo.

☐ 用抹布擦窗戶玻璃。

雑巾で窓ガラスを拭く。

zo.u.ki.n.de./ma.do.ga.ra.su.o./fu.ku.

☐ 連房間角落都打掃乾淨。

部屋を隅々まで掃除した。

he.ya.o./su.mi.zu.mi.ma.de./so.u.ji.shi.ta.

☐ 明天要進行年末大掃除。

明日は年末の大掃除をする。

a.shi.ta.wa./ne.n.ma.tsu.no./o.o.so.u.ji.o./
su.ru.

☐ 浴缸滑滑的污垢都洗不掉。

浴槽のぬめりが取れない。

yo.ku.so.u.no./nu.me.ri.ga./to.re.na.i.

☐ 因為清潔劑手變得很粗糙。

洗剤で手が荒れちゃった。

se.n.za.i.de./te.ga./a.re.cha.tta.

就寝

□ 還不想睡。

まだ眠くない。

ma.da./ne.mu.ku.na.i.

□ 鑽進被屋。

布団に入る。

fu.to.n.ni./ha.i.ru.

□ 讀繪本哄孩子睡覺。

絵本を読んで子供を寝かしつける。

e.ho.n.o./yo.n.de./ko.do.mo.o./ne.ka.shi.tsu.
ke.ru.

□ 總是把鬧鐘訂在 5 點。

いつも目覚まし時計を 5 時にかける。

i.tsu.mo./me.za.ma.shi.do.ke.i.o./go.ji.ni./
ka.ke.ru.

□ 設 8 點的鬧鐘。

目覚ましを 8 時にセットしておこう。

me.za.ma.shi.o./ha.chi.ji.ni./se.tto./shi.te./
o.ko.u.

□ 天氣冷再拿 1 件毯子出來好了。

寒いからもう1枚毛布を出そうかな。

sa.mu.i.ka.ra./mo.u./i.chi.ma.i./mo.u.fu.o./
da.so.u./ka.na.

□ 枕頭不好睡。

枕 が合わない。

ma.ku.ra.ga./a.wa.na.i.

□ 喜歡硬的枕頭。

硬い枕のほうが好きだ。

ka.ta.i./ma.ku.ra.no./ho.u.ga./su.ki.da.

□ 馬上睡著。

すぐに眠りにつく。

su.gu.ni./ne.mu.ri.ni./tsu.ku.

□ 睡前總忍不住要看手機。

寝る前についスマホを見てしまう。

ne.ru.ma.e.ni./tsu.i./su.ma.ho.o./mi.te./shi.
ma.u.

□ 睡覺幾乎不翻身。

寝返りをほとんど打たない。

ne.ga.e.ri.o./ho.to.n.do./u.ta.na.i.

31

下廚

□ 今天覺得做晚飯很麻煩。

今日は夕飯を作るのが面倒くさいな。

kyo.u.wa./yu.u.ha.no./tsu.ku.ru.no.ga./
me.n.do.u.ku.sa.i.na.

□ 今天做飯就偷點懶吧。

今日のご飯は手抜きします！

kyo.u.no./go.ha.n.wa./te.nu.ki./shi.ma.su.

□ 努力做了很多菜。

張り切ってたくさんの料理を作った。

ha.ri.ki.tte./ta.ku.sa.n.no./ryo.u.ri.o./tsu.
ku.tta.

□ 完全想不到今天要準備什麼菜單。

今日は献立が全く浮かばない。

kyo.u.wa./ko.n.da.te.ga./ma.tta.ku./u.ka.
ba.na.i.

□ 想不到要做什麼菜。

何を料理するか思いつかない。

na.ni.o./ryo.u.ri./su.ru.ka./o.mo.i.tsu.ka.na.i.

32

□ 快到牡蠣好吃的季節了。

そろそろカキのおいしい季節だな。

so.ro.so.ro./ka.ki.no./o.i.shi.i./ki.se.tsu.da.na.

□ 啊，蔥爛掉了。

ああ、ネギを腐らせちゃった。

a.a./ne.gi.o./ku.sa.ra.se.cha.tta.

□ 不太炸東西。

揚げ物はあまりしない。

a.ge.mo.no.wa./a.ma.ri.shi.na.i.

□ 好像有焦味。

なんか焦げくさい。

na.n.ka./ko.ge.ku.sa.i.

□ 飯菜準備好囉。

ご飯ができたよ。

go.ha.n.ga./de.ki.ta.yo.

□ 先把帶便當的菜夾起來。

お弁当の分を先に取り分けておこう。

o.be.n.to.u.no./bu.no./sa.ki.ni./to.ri.wa.ke.
te./o.ko.u.

用餐

□ 早餐要好好吃才行。

朝食をちゃんと食べないと

cho.u.sho.ku.o./cha.n.to./ta.be.na.i.to.

□ 沒時間吃飯啦。

食べる暇なんかないよ。

ta.be.ru./hi.ma./na.n.ka./na.i.yo.

□ 沒食欲。

食欲がわかない。

sho.ku.yo.ku.ga./wa.ka.na.i.

□ 要不要叫外賣呢。

出前を取ろうかな。

de.ma.e.o./to.ro.u.ka.na.

□ 過了食用期限，沒問題嗎？

賞味期限が切れてるけど大丈夫かな？

sho.u.mi.ki.ge.n.ga./ki.re.te.ru./ke.do./da.i.jo.u.bu./ka.na.

34

□ 沒有美乃滋了。

マヨネーズが切れちゃった。

ma.yo.ne.e.zu.ga./ki.re.cha.tta.

□ 好吃！

おいしい！

o.i.shi.i.

□ 有奇怪的味道。

変な匂いがする。

he.n.na./ni.o.i.ga./su.ru.

□ 中間好像沒熟透。

中まで火が通ってないみたいだよ。

na.ka.ma.de./hi.ga./to.o.tte./na.i./mi.ta.i.da.
yo.

□ 不要偷吃。

つまみ食いしないで。

tsu.ma.mi.gu.i./shi.na.i.de.

□ 很飽。

お腹がいっぱい。

o.na.ka.ga./i.ppa.i.

飲食習慣

MP3
018

□ 我開動了。

いただきます。

i.ta.da.ki.ma.su.

- -

□ 多謝款待。/ 我吃飽了。

ご馳走様でした。
<small>ちそうさま</small>

go.chi.so.u.sa.ma.de.shi.ta.

- -

□ 不偏食。

食べ物に好き嫌いがない。
<small>た もの す きら</small>

ta.be.mo.no.ni./su.ki.ki.ra.i.ga./na.i.

- -

□ 不喝咖啡就無法進入狀況。

コーヒーを飲まないと調子が出ない。
<small>の ちょうし で</small>

ko.o.hi.i.o./no.ma.na.i.to./cho.u.shi.ga./de.na.i.

- -

□ 現在每天都吃對身體有益的食物。

毎日、健康にいい食べ物を食べるよう
<small>まいにち けんこう た もの た</small>

にしている。

ma.i.ni.chi./ke.n.ko.u.ni./i.i./ta.be.mo.no.o./
ta.be.ru./yo.u.ni./shi.te./i.ru.

□ 早餐吃昨天的剩菜就好了啦。

朝食は昨日の残り物でいいや。
ちょうしょく　きのう　のこ　もの

cho.u.sho.ku.wa./ki.no.u.no./no.ko.ri.mo.
no.de./i.i.ya.

□ 1天只吃2餐。

1日に2回だけ食事をとる。
いちにち　にかい　しょくじ

i.chi.ni.chi.ni./ni.ka.i.da.ke./sho.ku.ji.o./to.ru.

□ 我是素食者，不吃肉。

私はベジタリアンだからお肉は食べな
わたし　　　　　　　　　　　　　　にく　た

いんです。

wa.ta.shi.wa./be.ji.ta.ri.a.n./da.ka.ra./o.ni.
ku.wa./ta.be.na.i.n.de.su.

□ 我常被說吃得少。

私はよく食が細いと言われる。
わたし　　しょく　ほそ　　い

wa.ta.shi.wa./yo.ku./sho.ku.ga./ho.so.i.to./
i.wa.re.ru.

□ 吃很多所以胖了。

たくさん食べて太りました。
た　　　ふと

ta.ku.sa.n./ta.be.te./fu.to.ri.ma.shi.ta.

37

金錢狀況

□ 可沒辦法那樣亂花錢。

そんな散財_(さんざい)はできませんよ。

so.n.na./sa.n.za.i.wa./de.ki.ma.se.n.yo.

□ 這個月也浪費了好多錢。

今月_(こんげつ)も無駄遣_(むだづか)いしちゃった。

ko.n.ge.tsu.mo./mu.da.zu.ka.i./shi.cha.tta.

□ 信用卡帳單，下個月會一次全到喔。

カードの支払_(しはら)いが来月_(らいげつ)、一気_(いっき)に来_(き)ちゃうよ。

ka.a.do.no./shi.ha.ra.i.ga./ra.i.ge.tsu./i.kki.ni./ki.cha.u.yo.

□ 這個月如果不預支零用錢的話會不好過。

今月_(こんげつ)小遣_(こづか)いを前借_(まえが)りしないときつい。

ko.n.ge.tsu./ko.zu.ka.i.o./ma.e.ga.ri./shi.na.i.to./ki.tsu.i.

□ 祖母靠年金生活。

祖母_(そぼ)は年金_(ねんきん)で生活_(せいかつ)している。

so.bo.wa./ne.n.ki.n.de./se.i.ka.tsu./shi.te./i.ru.

☐ 今年的獎金不值得期待。

今年のボーナスはあんまり期待できない。

ko.to.shi.no./bo.o.na.su.wa./a.ma.ri./ki.ta.i./de.ki.na.i.

☐ 拿到獎金了，要不要出國玩呢。

ボーナスも出たし、海外旅行でも行こうかな。

bo.o.na.su.mo./de.ta.shi./ka.i.ga.i.ryo.ko.u./de.mo./i.ko.u./ka.na.

☐ 存款越來越少。

貯金がだんだん減っていく。

cho.ki.n.ga./da.n.da.n./he.tte./i.ku.

☐ 把每個月薪水的一部分存起來。

毎月給料の一部を積み立てている。

ma.i.tsu.ki./kyu.u.ryo.u.no./i.chi.bu.o./tsu.mi.ta.te.te./i.ru.

☐ 這個月的收入很少，不省吃儉用會很難過日子。

今月は収入が少なかったから、切り詰めないと厳しいな。

ko.n.ge.tsu.wa./shu.u.nyu.u.ga./su.ku.na.ka.tta./ka.ra./ki.ri.tsu.me.na.i.to./ki.bi.shi.i.na.

家庭支出

□ 為了平衡家庭支出而煩惱。

家計のやりくりに頭を抱えている。

ka.ke.i.no./ya.ri.ku.ri.ni./a.ta.ma.o./ka.ka.e.te./
i.ru.

□ 我們家上個月的經濟狀況是透支。

我が家の家計は先月赤字になった。

wa.ga.ya.no./ka.ke.i.wa./se.n.ge.tsu./a.ka.
ji.ni./na.tta.

□ 家裡的經濟交給妻子。

家計を妻に任せた。

ka.ke.i.o./tsu.ma.ni./ma.ka.se.ta.

□ 明天一定要繳房租。

家賃は明日支払わなければならない。

ya.chi.n.wa./a.shi.ta./shi.ha.ra.wa.na.ke.re.
ba./na.ra.na.i.

□ 手機話費還沒繳。

携帯電話料金を滞納している。

ke.i.ta.i.de.n.wa.ryo.u.ki.n.o./ta.i.no.u./shi.te./
i.ru.

□ 最近因為想儲蓄，開始記帳。

最近貯金をしたくて、家計簿をつけ始めました。
（さいきんちょきん）（かけいぼ）（はじ）

sa.i.ki.n./cho.ki.no./shi.ta.ku.te./ka.ke.i.bo.o./tsu.ke./ha.ji.me.ma.shi.ta.

□ 貸了 35 年房貸。

３５年の住宅ローンを組んだ。
（さんじゅうごねん）（じゅうたく）（く）

sa.n.ju.u.go.ne.n.no./ju.u.ta.ku.ro.o.n.no./ku.n.da.

□ 每個月要付 7 萬日圓的房貸。

月に 7 万円の住宅ローンがある。
（つき）（ななまんえん）（じゅうたく）

tsu.ki.ni./na.na.ma.n.e.n.no./ju.u.ta.ku.ro.o.n.ga./a.ru.

□ 忘了繳所得稅。

確定申告の税金を払うのを忘れた。
（かくていしんこく）（ぜいきん）（はら）（わす）

ka.ku.te.i./shi.n.ko.ku.no./ze.i.ki.n.o./ha.ra.u.no.o./wa.su.re.ta.

□ 修車要花 10 萬。

車を修理するのに 10 万払わなければならなかった。
（くるま）（しゅうり）（じゅうまんはら）

ku.ru.ma.o./shu.u.ri./su.ru./no.ni./ju.u.ma.n./ha.ra.wa.na.ke.re.ba./na.ra.na.ka.tta.

水電瓦斯

☐ 房租包含水電瓦斯費嗎？

光熱費は家賃に含まれていますか？

ko.u.ne.tsu.hi.wa./ya.chi.n.ni./fu.ku.ma.re.te./
i.ma.su.ka.

☐ 水電瓦斯是從帳戶自動扣款。

光熱費支払いは口座から自動で引き落

とされている。

ko.u.ne.tsu.hi.shi.ha.ra.i.wa./ko.u.za./ka.ra./
ji.do.u.de./hi.ki.o.to.sa.re.te./i.ru.

☐ 為了省水，常把洗澡水用來沖馬桶。

節水のためによくお風呂の水をトイレ
に使う。

se.ssu.i.no./ta.me.ni./yo.ku./o.fu.ro.no./mi.zu.
o./to.i.re.ni./tsu.ka.u.

☐ 用完廁所後，要記得關燈啦。

トイレを使った後、電気を消してよ。

to.i.re.o./tsu.ka.tta./a.to./de.n.ki.o./ke.shi.
te.yo.

☐ 這個月的電費異常地高。

今月の電気代が異常に高い。

ko.n.ge.tsu.no./de.n.ki.da.i.ga./i.jo.u.ni./ta.ka.i.

☐ 不要開著冷氣就在客廳睡著。

エアコンをつけっぱなしで、リビング
で眠りこけるのはやめて。

e.a.ko.n.o./tsu.ke.ppa.na.shi.de./ri.bi.n.gu.de./
ne.mu.ri.ko.ke.ru.no.wa./ya.me.te.

☐ 把瓦斯開關關緊。

元栓を締めて。

mo.to.se.no./shi.me.te.

☐ 有瓦斯的臭味！

ガス漏れの臭いがする！

ga.su.mo.re.no./ni.o.i.ga./su.ru.

☐ 因為沒繳費所以被停水了。

料金を払わなかったので水道を止め
られた。

ryo.u.ki.n.o./ha.ra.wa.na.ka.tta./no.de./
su.i.do.u.o./to.me.ra.re.ta.

居住狀況

MP3 022

☐ 現在是住在租來的大樓。

今は、賃貸マンション住まいです。

i.ma.wa./chi.n.ta.i.ma.n.sho.n.zu.ma.i.de.su.

☐ 我家是自己的房子。

私 の家は持ち家です。

wa.ta.shi.no./i.e.wa./mo.chi.i.e.de.su.

☐ 為了蓋新房子正在存錢。

新 しい家を建てるために貯金してい

る。

a.ta.ra.shi.i./i.e.o./ta.te.ru./ta.me.ni./cho.
ki.n./shi.te./i.ru.

☐ 終於習慣 1 個人住了。

ようやく 1 人暮らしにも慣れてきた。

yo.u.ya.ku./hi.to.ri.gu.ra.shi.ni.mo./na.re.te.ki.
ta.

☐ 租了整棟的房子。

一戸建てを借りています。

i.kko.da.te.o./ka.ri.te./i.ma.su.

☐ 終於買了自己的房子。

やっと、マイホームを持ちました。

ya.tto./ma.i.ho.o.mu.o./mo.chi.ma.shi.ta.

- -

☐ 現在住在分租的房子。

今はシェアハウスに住み始めた。

i.ma.wa./she.a.ha.u.su.ni./su.mi.ha.ji.me.ta.

- -

☐ 快被室友搞瘋了。

ルームメイトのせいで気が狂いそう。

ru.u.mu.me.i.to.no./se.i.de./ki.ga./ku.ru.i.so.u.

- -

☐ 需要押金和禮金。

敷金と礼金が必要です。

shi.ki.ki.n.to./re.i.ki.n.ga./hi.tsu.yo.u.de.su.

- -

☐ 我住的大樓是禁養寵物的。

うちのマンションはペット禁止です。

u.chi.no./ma.n.sho.n.wa./pe.tto.ki.n.shi.de.su.

- -

☐ 續約的時候要付更新手續費。

更新するとき更新料が発生します。

ko.u.shi.n./su.ru./to.ki./ko.u.shi.n.ryo.u.ga./
ha.sse.i./shi.ma.su.

居住環境

□ 我們就住在附近。

私たち、近所に住んでいます。

wa.ta.shi.ta.chi./ki.n.jo.ni./su.n.de./i.ma.su.

□ 住附近的人，大家都很親切。

近所の人たち、皆優しいです。

ki.n.jo.no./hi.to.ta.chi./mi.na./ya.sa.shi.i.de.su.

□ 房東是好人。

大家さんはいい人です。

o.o.ya.sa.n.wa./i.i./hi.to.de.su.

□ 如果造成您的困擾，請告訴我。

迷惑をかけることがあったら、言って
ください。

me.i.wa.ku.o./ka.ke.ru./ko.to.ga./a.tta.ra./
i.tte./ku.da.sa.i.

□ 附近有超市。

近くにスーパーがあります。

chi.ka.ku.ni./su.u.pa.a.ga./a.ri.ma.su.

□ 交通很方便。

交通は便利です。
こうつう　べんり

ko.u.tsu.u.wa./be.n.ri.de.su.

□ 住在郊區。

郊外に住んでいます。
こうがい　す

ko.u.ga.i.ni./su.n.de./i.ma.su.

□ 附近有大的公園。

近くに大きい公園があります。
ちか　　おお　　こうえん

chi.ka.ku.ni./o.o.ki.i./ko.u.e.n.ga./a.ri.ma.su.

□ 家裡離公司很遠。

家は会社から遠いです。
いえ　かいしゃ　　とお

i.e.wa./ka.i.sha./ka.ra./to.o.i.de.su.

□ 住在環繞大自然的環境裡。

自然に囲まれた環境に住んでいる。
しぜん　かこ　　かんきょう　す

shi.ze.n.ni./ka.ko.ma.re.ta./ka.n.kyo.u.ni./
su.n.de./i.ru.

□ 是對外國人很友善的城市。

外国人に優しい町だ。
がいこくじん　やさ　　まち

ga.i.ko.ku.ji.n.ni./ya.sa.shi.i./ma.chi.da.

居住糾紛

□ 鄰居很吵。

お隣さんがうるさい。
となり

o.to.na.ri.sa.n.ga./u.ru.sa.i.

□ 快被工程的噪音搞瘋了。

工事の騒音で気が狂いそう。
こうじ　そうおん　き　くる

ko.u.ji.no./so.u.o.n.de./ki.ga./ku.ru.i.so.u.

□ 抱怨了也不被當回事。

苦情を言っても相手にされない。
くじょう　い　あいて

ku.jo.u.o./i.tte.mo./a.i.te.ni./sa.re.na.i.

□ 流浪狗增加了很讓人困擾。

野良犬が増えて困る。
の　ら　いぬ　ふ　こま

no.ra.i.nu.ga./fu.e.te./ko.ma.ru.

□ 附近有人不遵守收垃圾時間和分類的規定。

近所にゴミの収集日や分別のマナー
きんじょ　　　しゅうしゅうび　ぶんべつ
を守らない人がいる。
まも　ひと

ki.n.jo.ni./go.mi.no./shu.u.shu.u.bi.ya./bu.n.be.
tsu.no./ma.na.a.o./ma.mo.ra.na.i./hi.to.ga./
i.ru.

☐ 不想見到附近的鄰居。

きんじょ ひと あ
近所の人に会いたくない。

ki.n.jo.no./hi.to.ni./a.i.ta.ku.na.i.

- -

☐ 樓上漏水下來。

うえ かい みずも
上の階から水漏れしてきました。

u.e.no./ka.i./ka.ra./mi.zu.mo.re./shi.te./ki.ma.
shi.ta.

- -

☐ 隔壁家的孩子每晚都在哭。

となり いえ こども まいばんな
隣の家の子供が毎晩泣いている。

to.na.ri.no./i.e.no./ko.do.mo.ga./ma.i.ba.n./
na.i.te./i.ru.

- -

☐ 也不想直接說。

ちょくせつい いや
直接言うのも嫌だな。

cho.ku.se.tsu./i.u.no.mo./i.ya.da.na.

- -

☐ 暫時觀察一下。

ようす み
しばらく様子を見よう。

shi.ba.ra.ku./yo.u.su.o./mi.yo.u.

- -

☐ 以前就和鄰居有糾紛。

いぜん きんじょ
以前から近所とトラブルがあった。

i.ze.n.ka.ra./ki.n.jo.to./to.ra.bu.ru.ga./a.tta.

親子家人

□ 因為工作的關係，和家人分開住。

仕事の都合で家族と別々に暮らすことに

なった。

shi.go.to.no./tsu.go.u.de./ka.zo.ku.to./be.tsu.
be.tsu.ni./ku.ra.su./ko.to.ni./na.tta.

□ 感情很好的一家人。

とても仲のいい家族です。

to.te.mo./na.ka.no./i.i./ka.zo.ku.de.su.

□ 他的眼睛像媽媽。

彼の目は母親譲りだ。

ka.re.no./me.wa./ha.ha.o.ya./yu.zu.ri.da.

□ 家人會互相幫忙做家事。

家族は互いに家事を手伝い合います。

ka.zo.ku.wa./ta.ga.i.ni./ka.ji.o./te.tsu.da.i.a.i.ma.
su.

□ 我也有和他同年紀的兒子。

私には彼と同じ年の息子がいます。

wa.ta.shi.ni.wa./ka.re.to./o.na.ji.to.shi.no./
mu.su.ko.ga./i.ma.su.

□ 當爸爸是怎麼樣的感覺？

父親になるってどんな感じ？
<small>ちちおや</small> <small>かん</small>

chi.chi.o.ya.ni./na.ru.tte./do.n.na./ka.n.ji.

□ 她和她妹妹就像雙胞胎。

彼女と彼女の 妹 は瓜二つだ。
<small>かのじょ かのじょ いもうと うりふた</small>

ka.no.jo.to./ka.no.jo.no./i.mo.u.to.wa./u.ri.
fu.ta.tsu.da.

□ 姊姊比我大 5 歲。

姉は私より 5 才年上だ。
<small>あね わたし ごさいとしうえ</small>

a.ne.wa./wa.ta.shi.yo.ri./go.sa.i./to.shi.u.e.da.

□ 哥哥和我完全不像。

兄は私と全然似ていない。
<small>あに わたし ぜんぜんに</small>

a.ni.wa./wa.ta.shi.to./ze.n.ze.n./ni.te./i.na.i.

□ 和弟弟從一出生就分開了。

弟 とは生き別れたままです。
<small>おとうと い わか</small>

o.to.u.to./to.wa./i.ki.wa.ka.re.ta./ma.ma.
de.su.

□ 我希望能活到看到孫子。

孫の顔を見るまで生きていたい。
<small>まご かお み い</small>

ma.go.no.ka.o.o./mi.ru.ma.de./i.ki.te./i.ta.i.

吵架

MP3
026

□ 你剛剛說什麼？有種再說一次！

今、何て言った？もう一度言ってみ。

i.ma./na.n.te./i.tta./mo.u./i.chi.do./i.tte.mi.

□ 那種說法讓人火大。

その言い方がむかつくのよ。

so.no./i.i.ka.ta.ga./mu.ka.tsu.ku.no.yo.

□ 不喜歡就算了。

気に入らなければ結構です。

ki.ni./i.ra.na.ke.re.ba./ke.kko.u.de.su.

□ 不要這樣暴怒，我是開玩笑啦。

そうかっとなるなって、冗談だよ。

so.u./ka.tto./na.ru.na.tte./jo.u.da.n.da.yo.

□ 滾一邊去，我不想和你說話。

あっち行って！あなたとは口もききた
くない。

a.cchi./i.tte./a.na.ta.to.wa./ku.chi.mo./ki.ki.
ta.ku.na.i.

□ 不滿意的話就說啊。

文句があるなら言ってみなさい。

mo.n.ku.ga./a.ru.na.ra./i.tte./mi.na.sa.i.

□ 不要對我吼。

私に怒鳴らないで。

wa.ta.shi.ni./do.na.ra.na.i.de.

□ 不要假哭。

うそ泣きするな。

u.so.na.ki./su.ru.na.

□ 我不想看到你的臉。

あなたの顔なんか見たくもない。

a.na.ta.no./ka.o./na.n.ka./mi.ta.ku.mo.na.i.

□ 不要一直抱怨。

文句ばかり言わないで。

mo.n.ku./ba.ka.ri./i.wa.na.i.de.

□ 好了好了，冷靜一下。

いいから落ちついて。

i.i.ka.ra./o.chi.tsu.i.te.

約會交往

□ 這週末有空嗎？

今週末、時間ある？

ko.n.shu.u.ma.tsu./ji.ka.n./a.ru.

□ 終於提出勇氣約她出去。

ついに勇気を出して彼女をデートに誘った。

tsu.i.ni./yu.u.ki.o./da.shi.te./ka.no.jo.o./de.e.to.ni./sa.so.tta.

□ 什麼時候有空？

いつ空いている？

i.tsu./a.i.te./i.ru.

□ 可以去接你嗎？

迎えに行っていい？

mu.ka.e.ni./i.tte./i.i.

□ 可以開車載我出去玩嗎？

車でどこかへ連れていってくれない？

ku.ru.ma.de./do.ko.ka.e./tsu.re.te./i.tte./ku.re.na.i.

54

☐ 我很在意你。

あなたのことが気になってるんだ。

a.na.ta.no./ko.to.ga./ki.ni./na.tte./ru.n.da.

☐ 你有交往的對象嗎？

誰か付き合ってる人はいるんですか？

da.re.ka./tsu.ki.a.tte.ru./hi.to.wa./i.ru.n.de.
su.ka.

☐ 我好像喜歡你。

あなたのことが好きかも。

a.na.ta.no./ko.to.ga./su.ki./ka.mo.

☐ 第一次有這種心情。

こんな気持、初めて。

ko.n.na./ki.mo.chi./ha.ji.me.te.

☐ 要是能多陪在身邊就好了。

もっといられたらいいのにな。

mo.tto./i.ra.re.ta.ra./i.i./no.ni.na.

☐ 可以的話，還想再見面。

よかったら、また会いたい。

yo.ka.tta.ra./ma.ta./a.i.ta.i.

分手

MP3
028

□ 不要玩弄我的真心。

わたし こころ
私 の心をもてあそばないで。

wa.ta.shi.no./ko.ko.ro.o./mo.te.a.so.ba.na.
i.de.

□ 他和她吵架分手了。

かれ かのじょ わか
彼は彼女とけんか別れをした。

ka.re.wa./ka.no.jo.to./ke.n.ka.wa.ka.re.o./shi.
ta.

□ 因父母的反對而分手。

りょうしん はんたい わか
両 親 の反対で別れた。

ryo.u.shi.n.no./ha.n.ta.i.de./wa.ka.re.ta.

□ 2人開始談分手。

ふたり あいだ わか ばなし も あ
2人の間に別れ話が持ち上がった。

fu.ta.ri.no./a.i.da.ni./wa.ka.re.ba.na.shi.ga./
mo.chi.a.ga.tta.

□ 她因為丈夫外遇而離婚。

かのじょ おっと うわき りこん
彼女は夫の浮気のために離婚した。

ka.no.jo.wa./o.tto.no./u.wa.ki.no./ta.me.ni./
ri.ko.n./shi.ta.

□ 已經不愛你了。

もうあなたを愛していない。

mo.u./a.na.ta.o./a.i.shi.te./i.na.i.

□ 無法再忍耐了。

これ以上は我慢ならない。

ko.re./i.jo.u.wa./ga.ma.n./na.ra.na.i.

□ 解除婚約了。

婚約を白紙に戻したいんだ。

ko.n.ya.ku.o./ha.ku.shi.ni./mo.do.shi.ta.i.n.da.

□ 和平分手。

友好的な別れだったよ。

yu.u.ko.u.te.ki.na./wa.ka.re.da.tta.yo.

□ 我想分開對彼此都好。

別れたほうがお互いのためだと思う。

wa.ka.re.ta./ho.u.ga./o.ta.ga.i.no./ta.me.da.to./o.mo.u.

□ 他擁有孩子的監護權。

親権は彼が持っている。

shi.n.ke.n.wa./ka.re.ga./mo.tte./i.ru.

婚姻

□ 一起變幸福吧。

一緒に幸せになろう。

i.ssho.ni./shi.a.wa.se.ni./na.ro.u.

□ 下次約會可以去見我父母嗎？

今度のデートで私の両親に会ってくれ

る？

ko.n.do.no./de.e.to.de./wa.ta.shi.no./ryo.
u.shi.n.ni./a.tte./ku.re.ru.

□ 想要一起變老。

一緒に年を取りたい。

i.ssho.ni./to.shi.o./to.ri.ta.i.

□ 想一起成立幸福的家庭。

幸せな家庭を築きたい。

shi.a.wa.se.na./ka.te.i.o./ki.zu.ki.ta.i.

□ 他向我求婚了。

彼にプロポーズされた。

ka.re.ni./pu.ro.po.o.zu./sa.re.ta.

□ 今天是我們的結婚紀念日。

今日は私たちの結婚記念日です。
<ruby>今日<rt>きょう</rt></ruby>は<ruby>私<rt>わたし</rt></ruby>たちの<ruby>結婚記念日<rt>けっこんきねんび</rt></ruby>です。

kyo.u.wa./wa.ta.shi.ta.chi.no./ke.kko.n.ki.
ne.bi.de.su.

□ 過著幸福的婚姻生活。

<ruby>幸<rt>しあわ</rt></ruby>せな<ruby>結婚生活<rt>けっこんせいかつ</rt></ruby>を<ruby>送<rt>おく</rt></ruby>っている。

shi.a.wa.se.na./ke.kko.n.se.i.ka.tsu.o./o.ku.
tte./i.ru.

□ 結婚 3 年了。

<ruby>結婚<rt>けっこん</rt></ruby>してから 3 <ruby>年<rt>さんねん</rt></ruby>になる。

ke.kko.n./shi.te./ka.ra./sa.n.ne.n.ni./na.ru.

□ 他們分居中。

<ruby>彼<rt>かれ</rt></ruby>らは<ruby>別居中<rt>べっきょちゅう</rt></ruby>だ。

ka.re.ra.wa./be.kkyo.chu.u.da.

□ 雖然有女友，但一直沒有結婚的決心。

<ruby>彼女<rt>かのじょ</rt></ruby>はいるけど、<ruby>結婚<rt>けっこん</rt></ruby>となるとなかな
か<ruby>決心<rt>けっしん</rt></ruby>が<ruby>付<rt>つ</rt></ruby>かずにいるんだ。

ka.no.jo.wa./i.ru./ke.do./ke.kko.n.to./na.ru.
to./na.ka.na.ka./ke.sshi.n.ga./tsu.ka.zu.ni./
i.ru.n.da.

婚禮

☐ 婚禮的日期決定了。

結婚式の日取りは決めました。

ke.kko.n.shi.ki.no./hi.do.ri.wa./ki.me.ma.shi.ta.

- -

☐ 婚宴至少要請 100 人。

披露宴には 100 人は招待しないとね。

hi.ro.u.e.n.ni.wa./hya.ku.ni.n.wa./sho.u.ta.i./
shi.na.i.to.ne.

- -

☐ 只有親人，是小巧簡單的儀式。

身内だけの、ささやかな式になります。

mi.u.chi./da.ke.no./sa.sa.ya.ka.na./shi.ki.ni./
na.ri.ma.su.

- -

☐ 預定在夏威夷舉行婚禮。

ハワイで挙式を予定している

ha.wa.i.de./kyo.shi.ki.o./yo.te.i./shi.te./i.ru.

- -

☐ 發自內心祝福你們 2 人。

お2人のこと、心から祝福します。

o.fu.ta.ri.no./ko.to./ko.ko.ro.ka.ra./shu.ku.fu.
ku./shi.ma.su.

☐ 謝謝你我來。

ご招待ありがとうございます。

go.sho.u.ta.i./a.ri.ga.to.u./go.za.i.ma.su.

☐ 2個人很登對呢。

お似合いの2人だね。

o.ni.a.i.no./fu.ta.ri.da.ne.

☐ 很豪華的婚宴呢。

豪華な披露宴だね。

go.u.ka.na./hi.ro.u.e.n.da.ne.

☐ 和新娘一起拍照吧。

花嫁と一緒に写真を撮ろう。

ha.na.yo.me.to./i.ssho.ni./sha.shi.n.o./to.ro.u.

☐ 上個月登記結婚了。

先月入籍しました。

se.n.ge.tsu./nyu.u.se.ki./shi.ma.shi.ta.

☐ 祝你們白頭偕老。

末永くお幸せに。

su.e.na.ga.ku./o.shi.a.wa.se.ni.

懷孕生產

□ 想要孩子嗎？

子供はほしい？

ko.do.mo.wa./ho.shi.i.

□ 我懷孕了。

妊娠しているの。

ni.n.shi.n./shi.te./i.ru.no.

□ 嚴重害喜。

つわりがひどい。

tsu.wa.ri.ga./hi.do.i.

□ 已經進入穩定期了。

安定期に入った。

a.n.te.i.ki.ni./ha.i.tta.

□ 真是可愛的女孩。

なんてかわいらしい女の子なんでしょう。

na.n.te./ka.wa.i.ra.shi.i./o.n.na.no.ko./na.n.de.sho.u.

□ 預產期是什麼時候？

予定日はいつ？

yo.te.i.bi.wa./i.tsu.

□ 快生了。

臨月なの。

ri.n.ge.tsu./na.no.

□ 已經知道是男是女嗎？

男の子か、女の子かはわかってるの？

o.to.ko.no.ko.ka./o.n.na.no.ko.ka.wa./wa.ka.
tte.ru.no.

□ 生了要通知我喔。

生まれたら知らせてね。

u.ma.re.ta.ra./shi.ra.se.te.ne.

□ 孩子出生了。

赤ちゃんが生まれた。

a.ka.cha.n.ga./u.ma.re.ta.

□ 寶寶的名字決定了嗎？

赤ちゃんの名前は決まりましたか？

a.ka.cha.n.no./na.ma.e.wa./ki.ma.ri.ma.shi.
ta.ka.

63

生日

MP3 032

□ 我的生日是 4 月 9 日。

私の誕生日は4月9日です。
わたし たんじょうび しがつここのか

wa.ta.shi.no./ta.n.jo.u.bi.wa./shi.ga.tsu./
ko.ko.no.ka.de.su.

□ 真希望生日快點到。

早く誕生日が来るといいなあ。
はや たんじょうび く

ha.ya.ku./ta.n.jo.u.bi.ga./ku.ru.to./i.i.na.a.

□ 我的生日剛好是假日。

私の誕生日が祝日に当たった。
わたし たんじょうび しゅくじつ あ

wa.ta.shi.no./ta.n.jo.u.bi.ga./shu.ku.ji.tsu.ni./
a.ta.tta.

□ 今天是母親 50 歲生日。

今日は母の 50 歳の誕生日だ。
きょう はは ごじゅっさい たんじょうび

kyo.u.wa./ha.ha.no./go.ju.ssai.no./ta.n.jo.u.bi.
da.

□ 你生日快到了對吧。

もうすぐ誕生日だね。
たんじょうび

mo.u./su.gu./ta.n.jo.u.bi.da.ne.

□ 生日要怎麼過？

誕生日はどうやって過ごすの？

ta.n.jo.u.bi.wa./do.u.ya.tte./su.go.su.no.

□ 我不特別過生日。

私は誕生日には何も特別なことはしま

せん。

wa.ta.shi.wa./ta.n.jo.u.bi.ni.wa./na.ni.mo./
to.ku.be.tsu.na./ko.to.wa./shi.ma.se.n.

□ 要什麼禮物？

プレゼントは何がいい？

pu.re.ze.n.to.wa./na.ni.ga./i.i.

□ 媽媽和我約定生日時要送我項鍊。

母は誕生日の贈り物にネックレスをく

れると約束した。

ha.ha.wa./ta.n.jo.u.bi.no./o.ku.ri.mo.no.ni./
ne.ku.re.su.o./ku.re.ru.to./ya.ku.so.ku./shi.ta.

□ 雖然有點遲了，祝你生日快樂。

遅ればせながら、お誕生日おめでとう。

o.ku.re.ba.se.na.ga.ra./o.ta.n.jo.u.bi./o.me.
de.to.u.

送禮

□ 這是福岡的伴手禮。

これ、福岡（ふくおか）のおみやげです。

ko.re./fu.ku.o.ka.no./o.mi.ya.ge.de.su.

- -

□ 這是我們的一點小心意。

これ、私（わたし）どもの小（ちい）さな感謝（かんしゃ）のしるしです。

ko.re./wa.ta.shi.do.mo.no./chi.i.sa.na./ka.n.sha.no./shi.ru.shi.de.su.

- -

□ 為了表示長久以來的感謝，送了禮物。

日（ひ）ごろの感謝（かんしゃ）の気持（きも）ちを込（こ）めてプレゼントを贈（おく）った。

hi.go.ro.no./ka.n.sha.no./ki.mo.chi.o./ko.me.te./pu.re.ze.n.to.o./o.ku.tta.

- -

□ 為慶祝父親退休，送了酒當禮物。

父（ちち）の退職（たいしょく）祝（いわ）いでお酒（さけ）をプレゼントとして贈（おく）った。

chi.chi.no./ta.i.sho.ku.i.wa.i.de./o.sa.ke.o./pu.re.ze.n.to./to.shi.te./o.ku.tta.

□ 我帶了小禮物來。

ささやかなプレゼントがあるんだ。

sa.sa.ya.ka.na./pu.re.ze.n.to.ga./a.ru.n.da.

□ 希望你會喜歡。

気に入っていただければ嬉しいのです
が。

ki.ni.i.tte./i.ta.da.ke.re.ba./u.re.shi.i.no.de.su.
ga.

□ 請笑納。

どうぞ受け取ってください。

do.u.zo./u.ke.to.tte./ku.da.sa.i.

□ 謝謝你分給我這麼棒的禮物。

素敵なおすそわけをいただき、ありが
とうございます。

su.te.ki.na./o.su.so.wa.ke.o./i.ta.da.ki./a.ri.
ga.to.u./go.za.i.ma.su.

□ 這麼貴重的禮物，謝謝你。

結構なものをちょうだいしまして、あ
りがとうございます。

ke.kko.u.na./mo.no.o./cho.u.da.i./shi.ma.shi.
te./a.ri.ga.to.u./go.za.i.ma.su.

葬禮

□ 聽到令堂去年過世，覺得很遺憾。

お母様が去年亡くなられたと聞きました。大変残念です。

o.ka.a.sa.ma.ga./kyo.ne.n./na.ku.na.ra.re.ta.
to./ki.ki.ma.shi.ta./ta.i.he.n./za.n.ne.n.de.su.

□ 真是太讓人難過了。

ご愁傷さまです。

go.shu.u.sho.u.sa.ma.de.su.

□ 向您表示哀悼之意。

お悔やみを申し上げます。

o.ku.ya.mi.o./mo.u.shi.a.ge.ma.su.

□ 去年，祖母過世了。

去年、祖母が他界しました。

kyo.ne.n./so.bo.ga./ta.ka.i./shi.ma.shi.ta.

□ 祖父因交通意外而過世。

祖父は交通事故で亡くなりました。

so.fu.wa./ko.u.tsu.u.ji.ko.de./na.ku.na.ri.
ma.shi.ta.

□ 去參加了叔叔的葬禮。

おじの葬式に行ってきた。

o.ji.no./so.u.shi.ki.ni./i.tte./ki.ta.

□ 參加日本的葬禮，黑色的服裝是一定的。

日本のお葬式の服装は、黒が基本です。

ni.ho.n.no./o.so.u.shi.ki.no./fu.ku.so.u.wa./
ku.ro.ga./ki.ho.n.de.su.

□ 因為祖父過世了，現在正在服喪。

祖父が亡くなったため喪中です。

so.fu.ga./na.ku.na.tta./ta.me./mo.chu.u.de.
su.

□ 因為還在服喪，就不發新年問候了。(親人過世後
  1年內不收發賀年卡等問候)

喪中のため年始のご挨拶を遠慮しま
す。

mo.chu.u.no./ta.me./ne.n.shi.no./go.a.i.sa.tsu.
o./e.n.ryo./shi.ma.su.

□ 參加靈前守夜。

お通夜に出席します。

o.tsu.ya.ni./shu.sse.ki./shi.ma.su.

寵物

□ 在家養了寵物。

いぬ いえ か
犬を家で飼うことにした。

i.nu.o./i.e.de./ka.u./ko.to.ni./shi.ta.

□ 要養的話，想養倉鼠好。

か
飼うなら、ハムスターがいいな。

ka.u.na.ra./ha.mu.su.ta.a.ga./i.i.na.

□ 叫什麼名字？

なまえ い
名前はなんて言うの？

na.ma.e.wa./na.n.te./i.u.no.

□ 是公的還是母的？

オスなの？メスなの？

o.su.na.no./me.su.na.no.

□ 1 天帶牠去散步 2 次。

いちにち にかいさんぽ つ い
１日に２回散歩に連れて行ってあげ
る。

i.chi.ni.chi.ni./ni.ka.i./sa.n.po.ni./tsu.re.te./
i.tte./a.ge.ru.

□ 雖然想養寵物，但住在禁養寵物的大樓。

ペットを飼いたいけど、ペット禁止の
マンションなんだ。

pe.tto.o./ka.i.ta.i./ke.do./pe.tto./ki.n.shi.no./
ma.n.sho.n.na.n.da.

□ 養在室內。

室内飼いです。

shi.tsu.na.i.ga.i.de.su.

□ 用自己的方法教小狗。

自分なりに犬のしつけをしている。

ji.bu.n.na.ri.ni./i.nu.no./shi.tsu.ke.o./shi.te.i.ru.

□ 要帶去看獸醫才行。

獣医に連れて行かなきゃ。

ju.u.i.ni./tsu.re.te./i.ka.na.kya.

□ 牠不會咬人喔。

かみつきませんよ。

ka.mi.tsu.ki.ma.se.n.yo.

□ 一下子就到處都是貓毛。

猫の毛ってすぐに散らかる。

ne.ko.no.ke.tte./su.gu.ni./chi.ra.ka.ru.

71

園藝

MP3
036

□ 在院子種草本香草 (herb)。

にわ
庭でハーブを育ててるよ。

ni.wa.de./ha.a.bu.o./so.da.te.te.ru.yo.

□ 種了一點花。

はな すこ う
花を少し植えている。

ha.na.o./su.ko.shi./u.e.te./i.ru.

□ 除院子的草很辛苦。

にわ くさと たいへん
庭の草取りが大変です。

ni.wa.no./ku.sa.to.ri.ga./ta.i.he.n.de.su.

□ 今年種了什麼？

ことし なに う
今年は何を植えたの？

ko.to.shi.wa./na.ni.o./u.e.ta.no.

□ 老家的柿子樹每年都能採到柿子。

じっか かき き まいとしかき と
実家の柿の木から毎年柿が取れる。

ji.kka.no./ka.ki.no.ki./ka.ra./ma.i.to.shi./ka.ki.
ga./to.re.ru.

☐ 幫玫瑰澆水了嗎？

バラに水をやりましたか？

ba.ra.ni./mi.zu.o./ya.ri.ma.shi.ta.ka.

☐ 請不要澆太多水。

水をやりすぎないでください。

mi.zu.o./ya.ri.su.gi.na.i.de./ku.da.sa.i.

☐ 小黃瓜枯了。

キュウリがしおれてしまった。

kyu.u.ri.ga./shi.o.re.te./shi.ma.tta.

☐ 不用殺蟲劑和化學肥料。

殺虫剤や化学肥料は使わない。

sa.cchu.u.za.i.ya./ka.ga.ku.hi.ryo.u.wa./tsu.
ka.wa.na.i.

☐ 割草把草坪整理好。

芝生を刈り込んで整えた。

shi.ba.fu.o./ka.ri.ko.n.de./to.to.no.e.ta.

☐ 院子的紫陽花盛開了。

庭のアジサイが満開だ。

ni.wa.no./a.ji.sa.i.ga./ma.n.ka.i.da.

身體不適（1）

☐ 身體不太舒服。

気分が優れません。

ki.bu.n.ga./su.gu.re.ma.se.n.

- -

☐ 身體狀況不太好。

体の具合がよくない。

ka.ra.da.no./gu.a.i.ga./yo.ku.na.i.

- -

☐ 不舒服。/ 噁心。

気持ちが悪い。

ki.mo.chi.ga./wa.ru.i.

- -

☐ 頭暈。

めまいがする。

me.ma.i.ga./su.ru.

- -

☐ 對貓過敏，不停地打噴嚏。

猫アレルギーで、くしゃみが止まらない。

ne.ko.a.re.ru.gi.i.de./ku.sha.mi.ga./to.ma.ra.na.i.

☐ 肚子翻滾絞痛。

痛みがお腹中を駆け回った。

i.ta.mi.ga./o.na.ka.ju.u.o./ka.ke.ma.wa.tta.

☐ 還好嗎？臉色一陣青一陣白的。

大丈夫？顔が青白いよ。

da.i.jo.u.bu./ka.o.ga./a.o.ji.ro.i.yo.

☐ 想吐。

吐きそうです。

ha.ki.so.u.de.su.

☐ 突然發冷身體發抖。

急に寒気がしてガタガタ震えた。

kyu.u.ni./sa.mu.ke.ga./shi.te./ga.ta.ga.ta./fu.ru.e.ta.

☐ 腳麻了。

足がしびれた。

a.shi.ga./shi.bi.re.ta.

☐ 我有頭痛的老毛病。

私は頭痛持ちなんです。

wa.ta.shi.wa./zu.tsu.u.mo.chi./na.n.de.su.

身體不適（2）

□ 牙齒缺了一塊。

歯が欠けてしまいました。

ha.ga./ka.ke.te./shi.ma.i.ma.shi.ta.

□ 因為跌倒斷了 1 顆門牙。

転んで前歯を 1 本折った。

ko.ro.n.de./ma.e.ba.o./i.ppo.n./o.tta.

□ 因為敏感性牙齒，吃冰的食物牙齒會酸軟。

知覚過敏で冷たい物を食べると歯がし

みる。

chi.ka.ku.ka.bi.n.de./tsu.me.ta.i./mo.no.o./
ta.be.ru.to./ha.ga./shi.mi.ru.

□ 你在流鼻血喔。

鼻血が出てるよ。

ha.na.ji.ga./de.te.ru.yo.

□ 因為花粉症，鼻子不通。

花粉症で鼻が詰まってる。

ka.fu.n.sho.u.de./ha.na.ga./tsu.ma.tte.ru.

□ 晒傷了覺得刺痛。

日焼けしちゃってヒリヒリしてる。

hi.ya.ke./shi.cha.tte./hi.ri.hi.ri./shi.te.ru.

□ 宿醉。

二日酔いです。

fu.tsu.ka.yo.i./de.su.

□ 她失去了意識。

彼女は意識を失った。

ka.no.jo.wa./i.shi.ki.o./u.shi.na.tta.

□ 課長因為工作過度而倒下。

課長は過労で倒れた。

ka.cho.u.wa./ka.ro.u.de./ta.o.re.ta.

□ 全身都痛。

身体中が痛い。

ka.ra.da.ju.u.ga./i.ta.i.

□ 有點發燒。

熱が少しあります。

ne.tsu.ga./su.ko.shi./a.ri.ma.su.

77

疾病

□ 感冒了。

風邪を引いちゃった。
か ぜ ひ

ka.ze.o./hi.i.cha.tta.

□ 得了流行性感冒。

インフルエンザにかかった。

i.n.fu.ru.e.n.za.ni./ka.ka.tta.

□ 因為食物中毒，在家休息。

食 中 毒 で、 家 で 休 ん で い る。
しょくちゅうどく　　　いえ　やす

sho.ku.chu.u.do.ku.de./i.e.de./ya.su.n.de./i.ru.

□ 那個傳染病一下子就擴散開了。

その 伝 染 病 はあっという 間 に 広 まっ
でんせんびょう　　　　　　　　ま　ひろ
た。

so.no./de.n.se.n.byo.u.wa./a.tto./i.u./ma.ni./
hi.ro.ma.tta.

□ 壓力導致她的病惡化了。

ストレスが彼女の病気を悪化させた。
かのじょ　びょうき　あっか

su.to.re.su.ga./ka.no.jo.no./byo.u.ki.o./a.kka./
sa.se.ta.

□ 他的癌症正在惡化。
彼のがんは悪化している。
ka.re.no./ga.n.wa./a.kka./shi.te./i.ru.

□ 他長年和癌症搏鬥。
彼はがんと闘っている。
ka.re.wa.ga.n.to./ta.ta.ka.tte./i.ru.

□ 這是因為病毒而引起發炎的疾病。
これはウイルスによって炎症が起きる
病気です。
ko.re.wa./u.i.ru.su.ni./yo.tte./e.n.sho.u.ga./o.ki.ru./byo.u.ki.de.su.

□ 全身長了蕁麻疹。
じんましんが全身に出た。
ji.n.ma.shi.n.ga./ze.n.shi.n.ni./de.ta.

□ 因為流感學校停班。
インフルエンザで学級閉鎖になった。
i.n.fu.ru.e.n.za.de./ga.kkyu.u.he.i.sa.ni./na.tta.

□ 為失眠所苦。
不眠症に悩まされている。
fu.mi.n.sho.u.ni./na.ya.ma.sa.re.te./i.ru.

受傷

□ 因為交通意外造成頸部挫傷。

こうつうじこ
交通事故でむち打ちになった。

ko.u.tsu.u.ji.ko.de./mu.chi.u.chi.ni./na.tta.

□ 手被玻璃碎片割傷了。

ガラスのかけらで手にけがをした。

ga.ra.su.no./ka.ke.ra.de./te.ni./ke.ga.o./shi.ta.

□ 從樓梯上摔下來扭傷了。

かいだん　　　お　　　　ねんざ
階段から落ちて捻挫した。

ka.i.da.n./ka.ra./o.chi.te./ne.n.za./shi.ta.

□ 腳長了繭。

あし
足にまめができた。

a.shi.ni./ma.me.ga./de.ki.ta.

□ 肩膀很痛，手臂不能動。

かた　げきつう　　　　　　　うで　うご
肩に激痛があって腕を動かせない。

ka.ta.ni./ge.ki.tsu.u.ga./a.tte./u.de.o./u.go.
ka.se.na.i.

□ 頭受傷了縫了5針。

頭に怪我して5針を縫った。
あたま　け が　　　　　ごはり　ぬ

a.ta.ma.ni./ke.ga./shi.te./go.ha.ri.o./nu.tta.

□ 手受了重傷。

手に重傷を負った。
て　じゅうしょう　お

te.ni./ju.u.sho.u.o./o.tta.

□ 膝蓋擦破皮了。

ひざの皮をすりむいた。
かわ

hi.za.no./ka.wa.o./su.ri.mu.i.ta.

□ 割傷了手指。

指を切ってしまった。
ゆび　き

yu.bi.o./ki.tte./shi.ma.tta.

□ 閃到腰。

ギックリ腰になった。
ごし

gi.kku.ri.go.shi.ni./na.tta.

□ 隱隱作痛。

鈍痛がします。
どんつう

do.n.tsu.u.ga./shi.ma.su.

就診

MP3 041

☐ 是初診。

初診です。
しょしん

sho.shi.n.de.su.

☐ 最好問問醫生喔。

医師に相談したほうがいいよ。
いし　そうだん

i.shi.ni./so.u.da.n./shi.ta./ho.u.ga./i.i.yo.

☐ 照 X 光。

レントゲン写真を撮ります。
しゃしん　と

re.n.to.ge.n./sha.shi.n.o./to.ri.ma.su.

☐ 哪裡不舒服呢？

どこか悪いのでしょうか？
わる

do.ko.ka./wa.ru.i.no./de.sho.u.ka.

☐ 打了止痛針。

痛み止めの注射を打ってもらった。
いた　ど　ちゅうしゃ　う

i.ta.mi.do.me.no./chu.u.sha.o./u.tte./mo.ra.
tta.

82

☐ 治療了蛀牙。
むしば ちりょう う
虫歯の治療を受けた。

mu.shi.ba.no./chi.ryo.u.o./u.ke.ta.

☐ 必需要接受手術。
しゅじゅつ
手術をしなければなりません。

shu.ju.tsu.o./shi.na.ke.re.ba./na.ri.ma.se.n.

☐ 需要住院嗎？
にゅういん ひつよう
入院する必要はありますか？

nyu.u.i.n./su.ru./hi.tsu.yo.u.wa./a.ri.ma.su.ka.

☐ 對醫院的食物已經膩了。
びょういんしょく あ
病院食にはもう飽きた。

byo.u.i.n.sho.ku.ni.wa./mo.u./a.ki.ta.

☐ 有會說英文的醫生嗎？
えいご はな いしゃ
英語の話せる医者はいますか？

e.i.go.no./ha.na.se.ru./i.sha.wa./i.ma.su.ka.

☐ 請叫醫生來。
いしゃ よ
医者を呼んでください。

i.sha.o./yo.n.de./ku.da.sa.i.

探病、復原

□ 好多了，明天應該可以去上班了。

よくなってきたよ。明日は仕事に行けると思う。

yo.ku./na.tte./ki.ta.yo./a.shi.ta.wa./shi.go.to.ni./i.ke.ru.to./o.mo.u.

□ 恢復體力了。

体力を取り戻した。

ta.i.ryo.ku.o./to.ri.mo.do.shi.ta.

□ 他恢復意識了。

彼は意識を回復した。

ka.re.wa./i.shi.ki.o./ka.i.fu.ku./shi.ta.

□ 完全康復了。

完治しました。

ka.n.chi./shi.ma.shi.ta.

□ 已經完全不痛了。

もう全く痛みません。

mo.u./ma.tta.ku./i.ta.mi.ma.se.n.

☐ 現在也還在復健。

今もリハビリを受けている。

i.ma.mo./ri.ha.bi.ri.o./u.ke.te./i.ru.

☐ 下星期要拆線。

来週抜糸をします。

ra.i.shu.u./ba.sshi.o./shi.ma.su.

☐ 丈夫不睡覺照顧我。

夫は寝ずに看病してくれた。

o.tto.wa./ne.zu.ni./ka.n.byo.u./shi.te./ku.re.ta.

☐ 謝謝你來探病。

お見舞いに来てくれてありがとう。

o.mi.ma.i.ni./ki.te./ku.re.te./a.ri.ga.to.u.

☐ 聽說你住院我很擔心呢。

入院したって聞いて心配してたよ。

nyu.u.i.n./shi.ta.tte./ki.i.te./shi.n.pa.i./shi.te.ta.yo.

☐ 好好靜養。

お大事に。

o.da.i.ji.ni.

85

藥品

□ 買那個藥需要處方箋。

その<ruby>薬<rt>くすり</rt></ruby>の<ruby>購入<rt>こうにゅう</rt></ruby>には<ruby>処方箋<rt>しょほうせん</rt></ruby>が<ruby>必要<rt>ひつよう</rt></ruby>です。

so.no./ku.su.ri.no./ko.u.nyu.u.ni.wa./sho.
ho.u.se.n.ga./hi.tsu.yo.u.de.su.

□ 不會吞藥錠，請醫院給我藥粉。

<ruby>錠剤<rt>じょうざい</rt></ruby>が<ruby>飲<rt>の</rt></ruby>めないので<ruby>粉薬<rt>こなぐすり</rt></ruby>にしてもらった。

jo.u.za.i.ga./no.me.na.i./no.de./ko.na.gu.su.
ri.ni./shi.te./mo.ra.tta.

□ 癢的時候請用這個藥膏。

かゆい<ruby>時<rt>とき</rt></ruby>はこのクリームを<ruby>使<rt>つか</rt></ruby>います。

ka.yu.i./to.ki.wa./ko.no./ku.ri.i.mu.o./tsu.
ka.i.ma.su.

□ 有止瀉藥嗎？

<ruby>下痢止<rt>げりど</rt></ruby>めの<ruby>薬<rt>くすり</rt></ruby>はありますか？

ge.ri.do.me.no./ku.su.ri.wa./a.ri.ma.su.ka.

□ 是飯後服用嗎？

<ruby>食後<rt>しょくご</rt></ruby>に<ruby>飲<rt>の</rt></ruby>みますか？

sho.ku.go.ni./no.mi.ma.su.ka.

□ 有治輕微燙傷的軟膏嗎？

軽いヤケドに効く軟膏はありますか？

ka.ru.i./ya.ke.do.ni./ki.ku./na.n.ko.u.wa./a.ri.
ma.su.ka.

□ 多久服用 1 次藥呢？

どのくらいの頻度で薬を飲めばいいで

すか？

do.no.ku.ra.i.no./hi.n.do.de./ku.su.ri.o./no.me.
ba./i.i.de.su.ka.

□ 有什麼副作用呢？

何か副作用はありますか？

na.ni.ka./fu.ku.sa.yo.u.wa./a.ri.ma.su.ka.

□ 如果忘了吃高血壓的藥，該怎麼辦？

血圧のお薬を飲み忘れたらどうしたら

いいですか？

ke.tsu.a.tsu.no./o.ku.su.ri.o./no.mi.wa.su.
re.ta.ra./do.u.shi.ta.ra./i.i.de.su.ka.

□ 服藥時，有什麼需要避免的食物嗎？

服用している時に、避けたほうがいい

食べ物はありますか？

fu.ku.yo.u./shi.te./i.ru./to.kl.ni./sa.ke.ta./
ho.u.ga./i.i./ta.be.mo.no.wa./a.ri.ma.su.ka.

遺失遭竊

□ 咦？眼鏡放哪兒了？

あれ？メガネはどこへ行った？

a.re./me.ga.ne.wa./do.ko.e./i.tta.

□ 找遍了房間卻都找不到。

部屋中を探してみたがどうしても見つ

からない。

he.ya.ju.u.o./sa.ga.shi.te./mi.ta.ga./do.u.shi.
te.mo./mi.tsu.ka.ra.na.i.

□ 錢包掉了。

財布を落としちゃった。

sa.i.fu.o./o.to.shi.cha.tta.

□ 忘了拿雨傘。

傘を置き忘れた。

ka.sa.o./o.ki.wa.su.re.ta.

□ 有人闖進我的房間。

誰かが私の部屋に侵入した。

da.re.ka.ga./wa.ta.shi.no./he.ya.ni./shi.n.nyu.
u./shi.ta.

☐ 把行李忘在電車上。

電車に荷物を忘れた。

de.n.sha.ni./ni.mo.tsu.o./wa.su.re.ta.

☐ 失物招領處在哪裡？

お忘れ物センターはどこですか？

o.wa.su.re.mo.no.se.n.ta.a.wa./do.ko.de.su.ka.

☐ 被闖空門。

空き巣に入られた。

a.ki.su.ni./ha.i.ra.re.ra.

☐ 錢包被扒走了。

誰かに財布をすられた。

da.re.ka.ni./sa.i.fu.o./su.ra.re.ta.

☐ 鎖被破壞了。

カギが壊されている。

ka.gi.ga./ko.wa.sa.re.te./i.ru.

☐ 因為信用卡掉了，所以想要停用。

失くしたので、クレジットカードを
無効にしたいのですが。

na.ku.shi.ta.no.de./ku.re.ji.tto.ka.a.do.o./
mu.ko.u.ni./shi.ta.i.no.de.su.ga.

災害

□ 地震！要冷靜行動。

地震！落ち着いて行動して。

ji.shi.n./o.chi.tsu.i.te./ko.u.do.u./shi.te.

□ 躲到安全的地方去。

安全な場所に隠れて。

a.n.ze.n.na./ba.sho.ni./ka.ku.re.te.

□ 這個地震似乎沒有而引起海嘯的可能。

この地震による津波の恐れはないよう
です。

ko.no./ji.shi.n.ni./yo.ru./tsu.na.mi.no./o.so.
re.wa./na.i./yo.u.de.su.

□ 火災！快逃！

火事だ！逃げろ！

ka.ji.da./ni.ge.ro.

□ 那棟大樓失火了！

あのビルから火が出てる！

a.no./bi.ru./ka.ra./hi.ga./de.te.ru.

☐ 拉滅火器的栓。

消火器のレバーを引いて。

sho.u.ka.ki.no./re.ba.a.o./hi.i.te.

☐ 請告訴我避難所的地點。

避難所の場所を教えてください。

hi.na.n.jo.no./ba.sho.o./o.shi.e.te./ku.da.sa.i.

☐ 那座山現在也還在噴發。

その山は今も噴火中だ。

so.no./ya.ma.wa./i.ma.mo./fu.n.ka.chu.u.da.

☐ 因為颱風，從剛剛就開始停電。

台風で先ほどから停電している。

ta.i.fu.u.de./sa.ki.ho.do./ka.ra./te.i.de.n./shi.
te./i.ru.

☐ 沒有很多傷亡真是太好了。

被害者が大勢出なくてよかった。

hi.ga.i.sha.ga./o.o.ze.i./de.na.ku.te./yo.kka.tta.

☐ 快煮壺爆炸了。

電気ケトルが爆発した。

de.n.ki.ke.to.ru.ga./ba.ku.ha.tsu./shi.ta.

91

銀行

□ 我想開立帳戶。

こうざ ひら
口座を開きたいのですが。

ko.u.za.o./hi.ra.ki.ta.i.no./de.su.ga.

□ 可以用哪些身份證明文件？

みぶんしょうめいしょ つか
どのような身分証明書が使えますか？

do.no.yo.u.na./mi.bu.n.sho.u.me.i.sho.ga./tsu.
ka.e.ma.su.ka.

□ 用外國護照可以開立帳戶嗎？

がいこく こうざ ひら
外国のパスポートで口座は開けます

か？

ga.i.ko.ku.no./pa.su.po.o.to.de./ko.u.za.wa./
hi.ra.ke.ma.su.ka.

□ 領錢需要多少手續費？

ひ だ てすうりょう
引き出しに手数料はかかりますか？

hi.ki.da.shi.ni./te.su.u.ryo.u.wa./ka.ka.ri.ma.
su.ka.

□ 也想要申請網路銀行。

もう こ
ネットバンキングも申し込みたい。

ne.tto.ba.n.ki.n.gu.mo./mo.u.shi.ko.mi.ta.i.

☐ 去銀行提了 10 萬。

銀行で 10 万円おろしてきた。

gi.n.ko.u.de./ju.u.ma.n.e.n./o.ro.shi.te./ki.ta.

☐ 這裡可以用國外提款卡嗎？

ここで海外のキャッシュカード を使え
ますか？

ko.ko.de./ka.i.ga.i.no./kya.sshu.ka.a.do.o./tsu.
ka.e.ma.su.ka.

☐ 該去銀行補摺了。

銀行に通帳記入に行かなきゃ。

gi.n.ko.u.ni./tsu.u.cho.u.ki.nyu.u.ni./i.ka.
na.kya.

☐ 匯錢到國外最便宜的方法是什麼？

一番安い海外送金の方法は何ですか？

i.chi.ba.n./ya.su.i./ka.i.ga.i.so.u.ki.n.no./
ho.u.ho.u.wa./na.n.de.su.ka.

☐ 每個月最少存 5 萬到戶頭裡。

毎月最低 5 万円を口座に預け入れす
る。

ma.i.tsu.ki./sa.i.te.i./go.ma.n.e.n.o./ko.u.za.ni./
a.zu.ke.i.re./su.ru.

郵局、宅配

□ 這附近有郵筒嗎？

この辺りにポストはありますか？

ko.no./a.ta.ri.ni./po.su.to.wa./a.ri.ma.su.ka.

□ 我想寄航空郵件。

航空便で出したいのですが。

ko.u.ku.u.bi.n.de./da.shi.ta.i.no./de.su.ga.

□ 我想寄到台灣。

台湾へ送りたいのですが。

ta.i.wa.n.e./o.ku.ri.ta.i.no./de.su.ga.

□ 海運的話多少錢？

船便で送るといくらになりますか？

fu.na.bi.n.de./o.ku.ru.to./i.ku.ra.ni./na.ri.ma.su.ka.

□ 寄包裹到國外最便宜的方法是什麼？

外国に荷物を送るのに一番安い送り方は何ですか？

ga.i.ko.ku.ni./ni.mo.tsu.o./o.ku.ru./no.ni./i.chi.ba.n./ya.su.i./o.ku.ri.ka.ta.wa./na.n.de.su.ka.

94

□ 我想寄掛號。

書留にしたいのですが。

ka.ki.to.me.ni./shi.ta.i.no./de.su.ka.

□ 什麼時候會到?

いつ着きますか?

i.tsu./tsu.ki.ma.su.ka.

□ 需要多久時間?

どれくらいの期間がかかりますか?

do.re.ku.ra.i.no./ki.ka.n.ga./ka.ka.ri.ma.su.ka.

□ 我想要寄貨到付款。(寄件人付款：元払い)

着払いでお願いします。

cha.ku.ba.ra.i.de./o.ne.ga.i.shi.ma.su.

□ 請給我宅急便的單子。

宅急便の伝票ください。

ta.kkyu.u.bi.n.no./de.n.pyo.u./ku.da.sa.i.

□ 可以在便利商店寄冷凍宅急便嗎?

コンビニからクール宅急便は送れますか?

ko.n.bi.ni./ka.ra./ku.u.ru.ta.kkyu.u.bi.n.wa./o.ku.re.ma.su.ka.

汽車

□ 拿到駕照了。

運転免許を取りました。

u.n.te.n.me.n.kyo.o./to.ri.ma.shi.ta.

□ 不小心忘了更新駕照。

免許更新をうっかり忘れた。

me.n.kyo.ko.u.shi.n.o./u.kka.ri./wa.su.re.ta.

□ 需要幫你把行李箱放到後車廂嗎？

スーツケースをトランクに入れましょ

うか？

su.u.tsu.ke.e.su.o./to.ra.n.ku.ni./i.re.ma.sho.
u.ka.

□ 一起去兜風吧。

ドライブに出かけよう。

do.ra.i.bu.ni./de.ka.ke.yo.u.

□ 可以坐副駕駛座幫我指路嗎？

助手席に乗って道案内してくれない？

jo.shu.se.ki.ni./no.tte./mi.chi.a.n.na.i./shi.te./
ku.re.na.i.

□ 把車送去驗車了，現在是開替代的車。

車を車検に出してるから、今は代車に
乗ってるんだ。

ku.ru.ma.o./sha.ke.n.ni./da.shi.te.ru./ka.ra./
i.ma.wa./da.i.sha.ni./no.tte.ru.n.da.

□ 幫我把油加滿。

満タンにしてください。

ma.n.ta.n.ni./shi.te./ku.da.sa.i.

□ 快沒油了喔。

ガソリンがそろそろなくなるよ。

ga.so.ri.n.ga./so.ro.so.ro./na.ku.na.ru.yo.

□ 我想要租車。

車をレンタルしたいのですが。

ku.ru.ma.o./re.n.ta.ru./shi.ta.i.no./de.su.ga.

□ 租車的不同地還車金額是多少錢？

レンタカーの乗り捨て料金はいくら？

re.n.ta.ka.a.no./no.ri.su.te.ryo.u.ki.n.wa.i.ku.ra.

□ 小心開車喔。

気をつけて運転してね。

ki.o.tsu.ke.te./u.n.te.n./shi.te.ne.

機車

MP3
049

□ 有備用的安全帽嗎？

予備のヘルメットはある？

yo.bi.no./he.ru.me.tto.wa./a.ru.

□ 熱衷於重機。

大型バイクに夢中です。

o.o.ga.ta./ba.i.ku.ni./mu.chu.u.de.su.

□ 要不要騎機車去兜風？

ツーリングに行かない？

tsu.u.ri.n.gu.ni./i.ka.na.i.

□ 請他用機車載我。/ 他騎車載了我。

彼のバイクの後ろに乗せてもらった。

ka.re.no./ba.i.ku.no./u.shi.ro.ni./no.se.te./
mo.ra.tta.

□ 為深夜機車的噪音所苦。

深夜のバイクの騒音に悩んでいる。

shi.n.ya.no./ba.i.ku.no./so.u.o.n.ni./na.ya.
n.de./i.ru.

□ 幫兒子買了輕型機車。

息子にスクーターを買ってあげた。

mu.su.ko.ni./su.ku.u.ta.a.o./ka.tte./a.ge.ta.

□ 被機車撞飛。

バイクに突き飛ばされた。

ba.i.ku.ni./tsu.ki.to.ba.sa.re.ta.

□ 騎過機車嗎？

バイクに乗ったことはありますか？

ba.i.ku.ni./no.tta./ko.to.wa./a.ri.ma.su.ka.

□ 要騎誰的車去？

誰のバイクで行く？

da.re.no./ba.i.ku.de./i.ku.

□ 要在哪裡放你下來？

どこでおろしましょうか？

do.ko.de./o.ro.shi.ma.sho.u.ka.

□ 去年重新烤漆了。

去年塗り替えたんだ。

kyo.ne.n./nu.ri.ka.e.ta.n.da.

自行車

MP3
050

☐ 自行車載人很危險喔。

じてんしゃ ふたりの あぶ
自転車の2人乗りは危ないよ。

ji.te.n.sha.no./fu.ta.ri.no.ri.wa./a.bu.na.i.yo.

☐ 把包包放到前面的車籃吧。

まえ い
カバンを前カゴに入れて。

ka.ba.n.o./ma.e.ka.go.ni./i.re.te.

☐ 在自行車上裝了兒童座椅。

じてんしゃ こどもの
自転車に子供乗せシートをつけた。

ji.te.n.sha.ni./ko.do.mo.no.se.shi.i.to.o./tsu.
ke.ta.

☐ 幫小孩戴上安全帽。

こども
子供にヘルメットをかぶらせた。

ko.do.mo.ni./he.ru.me.tto.o./ka.bu.ra.se.ta.

☐ 假日在附近的自行車道騎了車。

きゅうじつ きんじょ
休日は近所のサイクリングロードを
じてんしゃ はし
自転車で走った。

kyu.u.ji.tsu.wa./ki.n.jo.no./sa.i.ku.ri.n.gu.
ro.o.do.o./ji.te.n.sha.de./ha.shi.tta.

☐ 把孩子放到兒童座椅上。

チャイルドシートに子供を乗せた。

cha.i.ru.do.shi.i.to.ni./ko.do.mo.o./no.se.ta.

☐ 總是騎淑女車去買東西。

いつもママチャリで買い物に行く。

i.tsu.mo./ma.ma.cha.ri.de./ka.i.mo.n.ni./i.ku.

☐ 咦，剎車剎不住。

あれ？ブレーキが効かない。

a.re./bu.re.e.ki.ga./ki.ka.na.i.

☐ 晚上要開燈喔。

夜はライトをつけてね。

yo.ru.wa./ra.i.to.o./tsu.ke.te.ne.

☐ 停自行車時一定要上鎖喔。

自転車を止めたら必ずカギをかけて。

ji.te.n.sha.o./to.me.ta.ra./ka.na.ra.zu./ka.gi.o./
ka.ke.te.

☐ 把自行車停在自行車停車場。

自転車を駐輪場に止める。

ji.te.n.sha.o./ju.u.ri.n.jo.u.ni./to.me.ru.

大眾交通工具

MP3
051

□ 學校放假的話，電車就很空。

がっこう やす でんしゃ す
学校が休みだと電車は空いてるね。

ga.kko.u.ga./ya.su.mi.da.to./de.n.sha.wa./
su.i.te.i.ru.ne.

□ 腳沒地方踩快跌倒了。

あし お ば たお
足の置き場がなくて倒れそう。

a.shi.no./o.ki.ba.ga./na.ku.te./ta.o.re.so.u.

□ 差點坐過站。

すこ の す
もう少しで乗り過ごすところだった。

mo.u./su.ko.shi.de./no.ri.su.go.su./to.ko.ro.da.
tta.

□ 下站能順利下車嗎？

つぎ えき お
次の駅で降りられるかな？

tsu.gi.no./e.ki.de./o.ri.ra.re.ru./ka.na.

□ 去女性專用車吧？

じょせいせんようしゃりょう いどう
女性専用車両に移動しようか？

jo.se.i.se.n.yo.u.sha.ryo.u.ni./i.do.u.shi.yo.u.ka.

☐ 忘了幫 Suica 加值。

スイカ（Suica）をチャージし忘れた。

su.i.ka.o./cha.a.ji./shi.wa.su.re.ta.

☐ 明明擠一下就可以多坐 1 個人了。

ちょっと詰めればあと 1 人座れるの
に。

cho.tto./tsu.me.re.ba./a.to./hi.to.ri./su.wa.
re.ru./no.ni.

☐ 最後一班車說不定已經開走了。

終電、行っちゃったかも。

shu.u.de.n./i.ccha.tta./ka.mo.

☐ 公車來囉。

バスが来ているよ。

ba.su.ga./ki.te./i.ru.yo.

☐ 我要上車！

乗ります！

no.ri.ma.su.

☐ 請往 (公車) 車內移動。/ 請往內擠一下。

バスの中へお詰めください。

ba.su.no./na.ka.e./o.tsu.me./ku.da.sa.i.

103

計程車

□ 請幫我叫計程車。

タクシーを呼んでください。

ta.ku.shi.i.o./yo.n.de./ku.da.sa.i.

□ 哪裡能招到計程車？

タクシーはどこで拾えますか？

ta.ku.shi.i.wa./do.ko.de./hi.ro.e.ma.su.ka.

□ 招不到計程車。

なかなかタクシーが捕まらない。

na.ka.na.ka./ta.ku.shi.i.ga./tsu.ka.ma.ra.na.i.

□ 包1天計程車吧？

タクシーを1日貸切ろうか？

ta.ku.shi.i.o./i.chi.ni.chi./ka.shi.ki.ro.u.ka.

□ 沒時間了，坐計程車去吧？

時間がないから、タクシーで行こうか？

ji.ka.n.ga./na.i./ka.ra./ta.ku.shi.i.de./i.ko.u.ka.

□ 我要到這個地址。

この住所まで行ってください。
じゅうしょ　　　　い

ko.no./ju.u.sho./ma.de./i.tte./ku.da.sa.i.

□ 麻煩到帝國飯店。

帝国ホテルまでお願いします。
ていこく　　　　　　　ねが

te.i.ko.ku.ho.te.ru./ma.de./o.ne.ga.i./shi.
ma.su.

□ 新宿嗎，您想要從哪條路去呢？(司機問乘客)

新宿ですね。どのように行きますか？
しんじゅく　　　　　　　　　　い

shi.n.ju.ku.de.su.ne./do.no.yo.u.ni./i.ki.ma.su.
ka.

□ 讓你決定。

お任せします。
まか

o.ma.ka.se./shi.ma.su.

□ 我想在這裡下車。／在這裡讓我下車。

ここでおろしてください。

ko.ko.de./o.ro.shi.te./ku.da.sa.i.

□ 不用找了。

お釣りはとっておいてください。
つ

o.tsu.ri.wa./to.tte./o.i.te./ku.da.sa.i.

飛機

□ 快趕不上了！

乗り遅れそう！

no.ri.o.ku.re.so.u.

□ 有 1 件行李要寄艙。

預けるスーツケースは 1 個です。

a.zu.ke.ru./su.u.tsu.ke.e.su.wa./i.kko.de.su.

□ 國際線是哪個航站呢？

国際線の発着は、どのターミナルで
すか？

ko.ku.sa.i.se.n.no./ha.ccha.ku.wa./do.no./
ta.a.mi.na.ru.de.su.ka.

□ 我辦好線上登機了。

オンラインチェックインを済ませた。

o.n.ra.i.n.che.kku.i.n.o./su.ma.se.ta.

□ 我想等機位候補。

キャンセル待ちしたいのですが。

kya.n.se.ru.ma.chi./shi.ta.i.no.de.su.ga.

106

☐ 可以幫我換別的航班嗎？

ほかの便に振り替えてもらえませんか？

ho.ka.no./bi.n.ni./fu.ri.ka.e.te./mo.ra.e.ma.
se.n.ka.

☐ 我想坐靠窗的位子。

窓側に座りたいのですが。

ma.do.ga.wa.ni./su.wa.ri.ta.i.no.de.su.ga.

☐ 我可以把椅背往後倒嗎？

シートを倒してもいいですか？

shi.i.to.o./ta.o.shi.te.mo./i.i.de.su.ka.

☐ 有點暈機。

少し飛行機酔いしました。

su.ko.shi./hi.ko.u.ki.yo.i./shi.ma.shi.ta.

☐ 轉機要等大約 3 個小時。

乗り継ぎの待ち時間は 3 時間くらいあ
る。

no.ri.tsu.gi.no./ma.chi.ji.ka.n.wa./sa.n.ji.ka.n./
ku.ra.i.a.ru.

步行

□ 因為是紅燈，所以不能過。

赤信号だから、渡ってはいけない。

a.ka.shi.n.go.u.da.ka.ra./wa.ta.tte.wa./i.ke.na.i.

- -

□ 到圖書館，用走的太遠了。

図書館まで歩くには遠すぎる。

to.sho.ka.n./ma.de./a.ru.ku./ni.wa./to.o.su.gi.ru.

- -

□ 總是走路去上學。

いつも徒歩で通学する。

i.tsu.mo./to.ho.de./tsu.u.ga.ku./su.ru.

- -

□ 散散步心情就會變好喔。

散歩すると気が晴れるよ。

sa.n.po./su.ru.to./ki.ga./ha.re.ru.yo.

- -

□ 小朋友一邊小跳步一邊開心地唱著歌。

子供がスキップしながら楽しそうにう

たっている。

ko.do.mo.ga./su.ki.ppu./shi.na.ga.ra./ta.no.shi.so.u.ni./u.ta.tte./i.ru.

☐ 沿著河邊走一下吧。

川辺に沿って少し歩きましょう。

ka.wa.be.ni./so.tte./su.ko.shi./a.ru.ki.ma.sho.
u.

☐ 走路要 20 分鐘，但開車只要 5 分鐘。

徒歩では 20 分かかるが、車で行くな
ら 5 分だ。

to.ho.de.wa./ni.ju.ppu.n./ka.ka.ru.ga./ku.ru.
ma.de./i.ku./na.ra./go.fu.n.da.

☐ 才走一下就快喘不過氣。

少し歩いただけで息切れがした。

su.ko.shi./a.ru.i.ta./da.ke.te./i.ki.gi.re.ga./shi.
ta.

☐ 再也走不動了。

もうこれ以上歩けない。

mo.u./ko.re.i.jo.u./a.ru.ke.na.i.

☐ 姊姊總是用輕快的腳步走路。

姉はいつも軽い足取りで歩く。

a.ne.wa./i.tsu.mo./ka.ru.i./a.shi.do.ri.de./a.ru.
ku.

問路

□ 迷路了。

迷子(まいご)になっちゃった。

ma.i.go.ni./na.ccha.tta.

□ 我沒有方向感。

私(わたし)は方向音痴(ほうこうおんち)なの。

wa.ta.shi.wa./ho.u.ko.u.o.n.chi./na.no.

□ 和朋友走散了。

友達(ともだち)とはぐれちゃった。

to.mo.da.chi.to./ha.gu.re.cha.tta.

□ 查用地圖 APP 吧。

マップアプリで調(しら)べよう。

ma.ppu.a.pu.ri.de./shi.ra.be.yo.u.

□ 我正在找地下鐵車站,請問在哪裡呢?

今(いま)、地下鉄(ちかてつ)の駅(えき)を探(さが)しています。どこにあるでしょうか?

i.ma./chi.ka.te.tsu.no./e.ki.o./sa.ga.shi.te./i.ma.su./do.ko.ni./a.ru.de.sho.u.ka.

□ 沒有車用導航的話哪兒都去不了。

カーナビがないとどこへも行けない。

ka.a.na.bi.ga./na.i.to./do.ko.e.mo./i.ke.na.i.

□ 總之先按原路回去吧。

とりあえず来た道を引き返そう。

to.ri.a.e.zu./ki.ta./mi.chi.o./hi.ki.ka.e.so.u.

□ 去 (派出所) 問警察吧。

交番で聞こう。

ko.u.ba.n.de./ki.ko.u.

□ 我想要去這個地址。

この住所に行きたいんですが。

ko.no./ju.u.sho.ni./i.ki.ta.i.n.de.su.ga.

□ 該怎麼去呢？

どうやって行けばいいですか？

do.u.ya.tte./i.ke.ba./i.i.de.su.ka.

□ 這個方向正確嗎？

この方向で正しいですか？

ko.no./ho.u.ko.u.de./ta.da.shi.i.de.su.ka.

111

天氣季節

MP3
056

□ 天氣真好呢。

いい天気<ruby>天気<rt>てんき</rt></ruby>だね。

i.i.te.n.ki.da.ne.

□ 真是悶熱呢。

<ruby>蒸<rt>む</rt></ruby>し<ruby>暑<rt>あつ</rt></ruby>いね。

mu.shi.a.tsu.i.ne.

□ 這種炎熱真是讓人窒息。

この<ruby>暑<rt>あつ</rt></ruby>さには<ruby>息<rt>いき</rt></ruby>が<ruby>詰<rt>つ</rt></ruby>まりそうです。

ko.no./a.tsu.sa.ni.wa./i.ki.ga./tsu.ma.ri.
so.u.de.su.

□ 最近天氣持續寒冷呢。

<ruby>近<rt>ちか</rt></ruby>ごろ、<ruby>寒<rt>さむ</rt></ruby>さが<ruby>続<rt>つづ</rt></ruby>いてるね。

chi.ka.go.ro./sa.mu.sa.ga./tsu.zu.i.te.ru.ne.

□ 應該快可以看到初雪了。

もうすぐ<ruby>初雪<rt>はつゆき</rt></ruby>が<ruby>見<rt>み</rt></ruby>られると<ruby>思<rt>おも</rt></ruby>います。

mo.u.su.gu./ha.tsu.yu.ki.ga./mi.ra.re.ru.to./
o.mo.i.ma.su.

112

□ 真想念秋天。

本当に秋が恋しいよ。
ほんとう　あき　こい

ho.n.to.u.ni./a.ki.ga./ko.i.shi.i.yo.

□ 你覺得會下雪嗎？

雨は降ると思う？
あめ　ふ　　　おも

a.me.wa./fu.ru.to./o.mo.u.

□ 今天霧霾真濃。

今日は本当にもやが深いね。
きょう　ほんとう　　　　ふか

kyo.u.wa./ho.n.to.u.ni./mo.ya.ga./fu.ka.i.ne.

□ 最好帶傘去喔。

傘を持って行ったほうがいいよ。
かさ　も　　　い

ka.sa.o./mo.tte./i.tta./ho.u.ga./i.i.yo.

□ 因為不潮濕所以生活起來很舒服。

湿気がないから暮らしやすいですね。
しっけ　　　　　　　　　　く

shi.kke.ga./na.i./ka.ra./ku.ra.shi.ya.su.i.de.
su.ne.

□ 真是氣候怡人。

過ごしやすい気候ですね。
す　　　　　　　　きこう

su.go.shi.ya.su.i./ki.ko.u.de.su.ne.

113

時間日期

☐ 時間過得真快。

<ruby>時<rt>とき</rt></ruby>が<ruby>経<rt>た</rt></ruby>つのは<ruby>早<rt>はや</rt></ruby>いですね。

to.ki.ga./ta.tsu.no.wa./ha.ya.i.de.su.ne.

- -

☐ 今天星期幾？

<ruby>今日<rt>きょう</rt></ruby>は<ruby>何曜日<rt>なんようび</rt></ruby>？

kyo.u.wa./na.n.yo.u.bi.

- -

☐ 你來日本幾個月了呢？

<ruby>日本<rt>にほん</rt></ruby>にいらして<ruby>何<rt>なん</rt></ruby>か<ruby>月<rt>げつ</rt></ruby>経ちましたか？

ni.ho.n.ni./i.ra.shi.te./na.n.ka.ge.tsu./ta.chi.
ma.shi.ta.ka.

- -

☐ 今年也已經過一半了。

もう<ruby>今年<rt>ことし</rt></ruby>も<ruby>半分<rt>はんぶん</rt></ruby>を<ruby>過<rt>す</rt></ruby>ぎてしまいました。

mo.u./ko.to.shi.mo./ha.n.bu.n.o./su.gi.te./shi.
ma.i.ma.shi.ta.

- -

☐ 日本新學期的開始是4月。

<ruby>日本<rt>にほん</rt></ruby>では<ruby>学期<rt>がっき</rt></ruby>の<ruby>始<rt>はじ</rt></ruby>まりは4<ruby>月<rt>しがつ</rt></ruby>です。

ni.ho.n.de.wa./ga.kki.no./ha.ji.ma.ri.wa./shi.
ga.tsu.de.su.

☐ 我們公司的結算期是 3 月底。

我が社の決算期は 3 月末です。
わ　しゃ　けっさんき　　さんがつまつ

wa.ga.sha.no./ke.ssa.n.ki.wa./sa.n.ga.tsu.ma.tsu.de.su.

☐ 5 分後開始上課。

授業は 5 分後に始まる。
じゅぎょう　　ごふんご　　はじ

ju.gyo.u.wa./go.fu.n.go.ni./ha.ji.ma.ru.

☐ 你好慢！我都等了 2 小時了。

遅い！ 2 時間も待ったよ。
おそ　　にじかん　　ま

o.so.i./ni.ji.ka.n.mo./ma.tta.yo.

☐ 有 8 小時時差。

時差が 8 時間あります。
じ　さ　　はちじかん

ji.sa.ga./ha.chi.ji.ka.n./a.ri.ma.su.

☐ 請在 7 點前回到公司。

7 時までに会社に戻ってください。
しちじ　　　　かいしゃ　もど

shi.chi.ji./ma.de.ni./ka.i.sha.ni./mo.do.tte./ku.da.sa.i.

☐ 到大阪坐巴士要好幾個小時。

大阪まではバスで数時間かかる。
おおさか　　　　　　　　　すうじかん

o.o.sa.ka./ma.de.wa./ba.su.de./su.u.ji.ka.n./ka.ka.ru.

115

「腳麻了」怎麼說？

你不能不學的 日語常用句

休閒生活篇

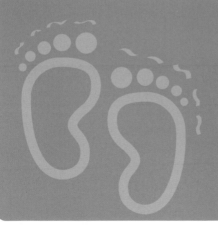

常見假日

MP3 058

☐ 慶祝新年的活動和習俗有很多。

お正月を祝うための行事や慣習がたくさんあります。

o.sho.u.ga.tsu.o./i.wa.u./ta.me.no./gyo.u.ji.ya./ka.n.shu.u.ga./ta.ku.sa.n./a.ri.ma.su.

☐ 在台灣，小孩也可以在新年拿到壓歲錢。

台湾でも、子供がお正月にお年玉がもらえるよ。

ta.i.wa.n.de.mo./ko.do.mo.ga./o.sho.u.ga.tsu.ni./o.to.shi.da.ma.ga./mo.ra.e.ru.yo.

☐ 因為很多親戚都有小孩，要壓歲錢的支出很多。

子供がいる親戚がたくさんいるから、お年玉の出費が痛いんだ。

ko.do.mo.ga./i.ru./shi.n.se.ki.ga./ta.ku.sa.n./i.ru./ka.ra./o.to.shi.da.ma.no./shu.ppi.ga./i.ta.i.n.da.

☐ 敬老日是日本的假日。

敬老の日は日本の祝日です。

ke.i.ro.u.no.hi.wa./ni.ho.n.no./shu.ku.ji.tsu.de.su.

☐ 因為今天是國定假日，所以放假。

今日は祝日でお休みです。

kyo.u.wa./shu.ku.ji.tsu de./o.ya.su.mi.de.su.

☐ 今年的黃金週打算去哪裡呢？

今年のゴールデンウイークはどこに行く予定ですか？

ko.to.shi.no./go.o.ru.de.n.u.i.i.ku.wa./do.ko.ni./i.ku./yo.te.i.de.su.ka.

☐ 這家店，國定假日不營業。

この店、祝日は定休日です。

ko.no.mi.se./shu.ku.ji.tsu.wa./te.i.kyu.u.bi.de.su.

☐ 在日本有哪些國定假日呢？

日本ではどんな祝日がありますか？

ni.ho.n.de.wa./do.n.na./shu.ku.ji.tsu.ga./a.ri.ma.su.ka.

☐ 今天是國定假日，大部分的醫院都休息。

今日は祝日だから、ほとんどの病院は休みです。

kyo.u.wa./shu.ku.ji.tsu./da.ka.ra./ho.to.n.do.no./byo.u.i.n.wa./ya.su.mi.de.su.

碰面

☐ 要幾點在哪碰面？

どこで<ruby>何時<rt>なんじ</rt></ruby>に<ruby>待<rt>ま</rt></ruby>ち<ruby>合<rt>あ</rt></ruby>わせする？

do.ko.de./na.n.ji.ni./ma.chi.a.wa.se./su.ru.

☐ 約幾點見面好呢？

<ruby>何時<rt>なんじ</rt></ruby>に<ruby>会<rt>あ</rt></ruby>えばいいかな？

na.n.ji.ni./a.e.ba./i.i./ka.na.

☐ 在新宿車站碰面吧。

<ruby>新宿駅<rt>しんじゅくえき</rt></ruby>で<ruby>会<rt>あ</rt></ruby>いましょ。

shi.n.ju.ku.e.ki.de./a.i.ma.sho.

☐ 約4點碰面可以嗎？

<ruby>会<rt>あ</rt></ruby>うの4<ruby>時<rt>よじ</rt></ruby>で<ruby>大丈夫<rt>だいじょうぶ</rt></ruby>そう？

a.u.no./yo.ji.de./da.i.jo.u.bu.so.u.

☐ 對不起，明天不能去了。可以改時間嗎？

ごめん、<ruby>明日<rt>あした</rt></ruby><ruby>無理<rt>むり</rt></ruby>になっちゃった。<ruby>予定変更<rt>よていへんこう</rt></ruby>できる？

go.me.n./a.shi.ta./mu.ri.ni./na.cchi.tta./yo.te.i./he.n.ko.u./de.ki.ru.

□ 對不起，我好像會比約定的時間晚一點。

ごめんね。少し待ち合わせに遅れそう。

go.me.n.ne./su.ko.shi./ma.chi.a.wa.se.ni./o.ku.
re.so.u.

□ 現在正在路上。

今そっちに向かっている。

I.ma./so.cchi.ni./mu.ka.tte./i.ru.

□ 沒想到會在這裡遇到你！

こんなところで会うなんて！

ko.n.na./to.ko.ro.de./a.u./na.n.te.

□ 和家人常見面嗎？

家族とはよく会うの？

ka.zo.ku.to.wa./yo.ku./a.u.no.

□ 有看到田中君嗎？

ねぇ、田中くんを見なかった？

ne.e./ta.na.ka.ku.n.o./mi.na.ka.tta.

□ 在車站看到課長。

課長を駅で見かけた。

ka.cho.u.o./e.ki.de./mi.ka.ke.ta.

観光景點

MP3 060

□ 這附近有什麼推薦的觀光景點呢？

この辺（へん）でおすすめの観光（かんこう）スポットはありますか？

ko.no.he.n.de./o.su.su.me.no./ka.n.ko.u./su.po.tto.wa./a.ri.ma.su.ka.

□ 請推薦我觀光景點。

おすすめの観光（かんこう）スポットを教（おし）えてください。

o.su.su.me.no./ka.n.ko.u./su.po.tto.o./o.shi.e.te./ku.da.sa.i.

□ 提到外國人喜歡的日本觀光景點哪裡最好呢？

外国人（がいこくじん）に人気（にんき）の日本（にほん）の観光（かんこう）スポットといえばどこですか？

ga.i.ko.ku.ji.n.ni./ni.n.ki.no./ni.ho.n.no./ka.n.ko.u./su.po.tto./to.i.e.ba./do.ko.de.su.ka.

□ 請告訴我這城市的特色。

この町（まち）の見（み）どころを教（おし）えてください。

ko.no./ma.chi.no./mi.do.ko.ro.o./o.shi.e.te./ku.da.sa.i.

□ 旅客服務中心在哪裡呢？
かんこうあんないじょ
観光案内所はどこですか？

ka.n.ko.u.a.n.na.i.jo.wa./do.ko.de.su.ka.

□ 可以給我市內地圖嗎？
し ない ち ず
市内地図をいただけますか？

shi.na.i.chi.zu.o./i.ta.da.ke.ma.su.ka.

□ 有觀光手冊嗎？
かんこうあんない
観光案内パンフレットはありますか？

ka.n.ko.u.a.n.na.i./pa.n.fu.re.tto.wa./a.ri.
ma.su.ka.

□ 有什麼正在舉行的活動嗎？
かいさいちゅう
開催中のイベントはありますか？

ka.i.sa.i.chu.u.no./i.be.n.to.wa./a.ri.ma.su.ka.

□ 哪裡是受年輕人歡迎的景點呢？
わかもの　　にんき
若者に人気のスポットはどこですか？

wa.ka.mo.no.ni./ni.n.ki.no./su.po.tto.wa./
do.ko.de.su.ka.

□ 有什麼明顯的地標嗎？
めじるし
目印になるものはありますか？

me.ji.ru.shi.ni./na.ru./mo.no.wa./a.ri.ma.su.ka.

旅行

□ 有什麼可以現在出發、當天來回的觀光景點嗎？

今から、日帰りで行ける観光地はあり
ます か？

i.ma.ka.ra./hi.ga.e.ri.de./i.ke.ru./ka.n.ko.u.chi.
wa./a.ri.ma.su.ka.

□ 我想參加旅行團。

観光ツアーに参加したいです。

ka.n.ko.u.tsu.a.a.ni./sa.n.ka./shi.ta.i.de.su.

□ 這個行程是去哪些地方呢？

このツアーはどこを回りますか？

ko.no.tsu.a.a.wa./do.ko.o./ma.wa.ri.ma.su.ka.

□ 請告訴我哪些行程受歡迎。

人気のツアーを教えてください。

ni.n.ki.no./tsu.a.a.o./o.shi.e.te./ku.da.sa.i.

□ 可以預約觀光行程嗎？

観光ツアーの予約はできますか？

ka.n.ko.u.tsu.a.a.no./yo.ya.ku.wa./de.ki.ma.su.
ka.

☐ 有自由活時間嗎？

じゆうじかん
自由時間はありますか？

ji.yu.u.ji.ka.n.wa./a.ri.ma.su.ka.

☐ 喜歡 1 個人旅行。

ひとりたび　す
1人旅が好きです。

hi.to.ri.ta.bi.ga./su.ki.de.su.

☐ 下次一起去旅行吧。

こんどいっしょ　りょこう
今度一緒に旅行しよう。

ko.n.do./i.ssho.ni./ryo.ko.u./shi.yo.u.

☐ 隨性走到哪玩到哪的旅行也很好。

い　あ　　　　　　　　　たび
行き当たりばったりの旅もいいね。

i.ki.a.ta.ri.ba.tta.ri.no./ta.bi.mo./i.i.ne.

☐ 我的夢想是環遊世界。

わたし　ゆめ　せかいいっしゅう
私の夢は世界1周することです。

wa.ta.shi.no./yu.me.wa./se.ka.i./i.sshu.u./
su.ru./ko.to.de.su.

☐ 在歐洲做了很多探險。

ぼうけん
ヨーロッパでたくさんの冒険をした。

yo.ro.ppa.de./ta.ku.sa.n.no./bo.u.ke.n.o./shi.
ta.

預約

□ 我想預約初診。

初診の予約をお願いしたいのですが。

sho.shi.n.no./yo.ya.ku.o./o.ne.ga.i./shi.ta.i.no./
de.su.ga.

- -

□ 能約到最早的是什麼日期？

予約が取れる一番早い日はいつですか？

yo.ya.ku.ga./to.re.ru./i.chi.ba.n./ha.ya.i.hi.wa./
i.tsu.de.su.ka.

- -

□ 可以請問你的姓名和電話嗎？

お名前と電話番号をいただけますか？

o.na.ma.e.to./de.n.wa.ba.n.go.u.o./i.ta.da.ke.
ma.su.ka.

- -

□ 我想取消預約。

予約をキャンセルしたいのですが。

yo.ya.ku.o./kya.n.se.ru./shi.ta.i.no./de.su.ga.

- -

□ 早一點的時間可以預約嗎？

早い時間帯で空きはありませんか？

ha.ya.i./ji.ka.n.ta.i.de./a.ki.wa./a.ri.ma.se.n.ka.

□ 那天最早可以約什麼時間？

その日で一番早い予約時間はいつですか？

so.no.hi.de./i.chi.ba.n./ha.ya.i./yo.ya.ku.ji.ka.n.wa./i.tsu.de.su.ka.

□ 我想在下午晚一點的時候過去。

午後の遅い時間におうかがいしたいのですが。

go.go.no./o.so.i./ji.ka.n.ni./o.u.ka.ga.i./shi.ta.i.no./de.su.ga.

□ 我想預約明晚 7 點 2 個人。

明日の夜７時に２名の予約をしたいのですが。

a.shi.ta.no./yo.ru./shi.chi.ji.ni./ni.me.i.no./yo.ya.ku.o./shi.ta.i.no./de.su.ga.

□ 可以取消嗎？

キャンセルはできますか？

kya.n.se.ru.wa./de.ki.ma.su.ka.

□ 我想要重新預約。

予約を入れ直したいのですが。

yo.ya.ku.o./i.re.na.o.shi.ta.i.no./de.su.ga.

休假

MP3 063

□ 因為感冒了，所以向公司請了 3 天假。

風邪を引いたので３日間会社を休んだ。

ka.ze.o./hi.i.ta./no.de./mi.kka.ka.n./ka.i.sha.o./
ya.su.n.da.

□ 休假的時候打算去印度。

休暇の間にインドに行く予定です。

kyu.u.ka.no./a.i.da.ni./i.n.do.ni./i.ku./yo.te.i.de.
su.

□ 暑期休假就快到了！(日本企業也有暑假)

夏休みはもう目の前です！

na.tsu.ya.su.mi.wa./mo.u./me.no.ma.e.de.su.

□ 因為是國定假日，下個星期一放假。

祝日のため、次の月曜日は休みです。

shu.ku.ji.tsu.no./ta.me./tsu.gi.no./ge.tsu.
yo.u.bi.wa./ya.su.mi.de.su.

□ 這個假期打算去拜訪祖母。

この休暇に祖母を訪れるつもりです。

ko.no./kyu.u.ka.ni./so.bo.o./o.to.zu.re.ru./tsu.
mo.ri.de.su.

□ 天氣不好時，都怎麼度過休假呢？

天気が悪い時、休日は何して過ごす？

te.n.ki.ga./wa.ru.i./to.ki./kyu.u.ji.tsu.wa./
na.ni./shi.te./su.go.su.

□ 要是能排到休假，想去美國旅行。

もし休みが取れたら、アメリカへ旅行
したいな。

mo.shi./ya.su.mi.ga./to.re.ta.ra./a.me.ri.ka.e./
ryo.ko.u./shi.ta.i.na.

□ 週末有什麼打算？

週末の予定は？

shu.u.a.tsu.no./yo.te.i.wa.

□ 今天是建國紀念日的補休。

今日は建国記念の日の振替休日です。

kyo.u.wa./ke.n.ko.ku.ki.ne.n.no.hi.no./fu.ri.
ka.e.kyu.u.ji.tsu.de.su.

□ 今年過年想去國外旅行。

今年の年末年始には海外にバカンスに
行くつもりだ。

ko.to.shi.no./ne.n.ma.tsu.ne.n.shi.ni.wa./
ka.i.ga.i.ni./ba.n.ka.n.su.ni./i.ku./tsu.mo.ri.da.

外食

□ 今晚去外面吃吧。

こんや　がいしょく
今夜は外食しようよ。

ko.n.ya.wa./ga.i.sho.ku./shi.yo.u.yo.

□ 今天在外面吃午餐吧。

きょう　そと　ひる　はん　た
今日は外でお昼ご飯を食べよう。

kyo.u.wa./so.to.de./o.hi.ru.go.ha.n.o./ta.be.
yo.u.

□ 每天都外食。

まいにちがいしょく
毎日外食している。

ma.i.ni.chi./ga.i.sho.ku./shi.te./i.ru.

□ 要不要去新開的義大利餐廳吃吃看？

あたら
新しくできたイタリアンレストランに
い
行ってみるのはどう？

a.ta.ra.shi.ku./de.ki.ta./i.ta.ri.a.n.re.su.to.
ra.n.ni./i.tte./mi.ru.no.wa./do.u.

□ 我家每週五都外食。

わ　や　まいしゅう　きんようび　がいしょく
我が家は毎週の金曜日に外食する。

wa.ga.ya.wa./ma.i.shu.u.no./ki.n.yo.u.bi.ni./
ga.i.sho.ku./su.ru.

□ 很喜歡外食。

外食するのが大好き。

ga.i.sho.ku./su.ru./no.ga./da.i.su.ki.

□ 偶爾也去外面吃嘛。

たまには外食しようよ。

ta.ma.ni.wa./ga.i.sho.ku./shi.yo.u.yo.

□ 最近很常外食。

最近、外食が多い。

sa.i.ki.n./ga.i.sho.ku.ga./o.o.i.

□ 在網路搜尋受歡迎的餐廳。

ネットでレストランを検索した。

ne.tto.de./re.su.to.ra.n.o./ke.n.sa.ku./shi.ta.

□ 預約到很好吃的中菜餐廳喔。

いい中華料理の店の予約を取ったよ。

i.i./chu.u.ka.ryo.u.ri.no./mi.se.no./yo.ya.ku.o./
to.tta.yo.

□ 你知道什麼用合理價錢就能吃到的法國餐廳嗎？

手頃な値段で食べられるフランス料理
のお店を知っていますか？

te.go.ro.na./ne.da.n.de./ta.be.ra.re.ru./fu.ra.
n.su.ryo.u.ri.no./o.mi.se.o./shi.tte./i.ma.su.ka.

131

點餐

□ 不好意思，請給我菜單。

すみません、メニューください。

su.mi.ma.se.n./me.nyu.u./ku.da.sa.i.

□ 有什麼推薦的？

^{なに}
何がおすすめですか？

na.ni.ga./o.su.su.me.de.su.ka.

□ 今天的湯是什麼？

^{きょう}
今日のスープは^{なん}何ですか？

kyo.u.no./su.u.pu.wa./na.n.de.su.ka.

□ 這個餐附沙拉嗎？

^{しょくじ}
この食事はサラダ^つ付きですか？

ko.no./sho.ku.ji.wa./sa.ra.da.tsu.ki.de.su.ka.

□ 請幫我把薯條換成沙拉。

ポテトフライの^か代わりにサラダをくだ
さい。

po.te.to.fu.ra.i.no./ka.wa.ri.ni./sa.ra.da.o./
ku.da.sa.i.

132

□ 有加洋蔥嗎？

タマネギは入_{はい}っていますか？

ta.ma.ne.gi.wa./ha.i.tte./i.ma.su.ka.

□ 份量大約是多少？

量_{りょう} はどのくらいですか？

ryo.u.wa./do.no.ku.ra.i.de.su.ka.

□ 可以加辣嗎？

辛_{から}くしてくれますか？

ka.ra.ku./shi.te./ku.re.ma.su.ka.

□ 請給我多一點番茄醬。

ケチャップを多_{おお}めにお願_{ねが}いします。

ke.cha.ppu.o./o.o.me.ni./o.ne.ga.i./shi.ma.su.

□ 想要把義大利麵分盤裝。

パスタを分_わけたいのですが。

pa.su.ta.o./wa.ke.ta.i.no.de.su.ga.

□ 飲料請飯後上。

飲_のみ物_{もの}は食後_{しょくご}でお願_{ねが}いします。

no.mi.mo.no.wa./sho.ku.go.de./o.ne.ga.i./shi.
ma.su.

133

用餐感想

MP3
066

□ 味道怎麼樣？

味<ruby>あじ</ruby>はいかがですか？

a.ji.wa./i.ka.ga.de.su.ka.

□ 真是好吃的義大利麵！

なんておいしいパスタなんだろう！

na.n.te./o.i.shi.i./pa.su.ta./na.n.da.ro.u.

□ 吃得很滿足。

とてもおいしくいただきました。

to.te.mo./o.i.shi.ku./i.ta.da.ki.ma.shi.ta.

□ 這是第一次吃，很好吃。

初<ruby>はじ</ruby>めて食<ruby>た</ruby>べたけど、おいしかった。

ha.ji.me.te./ta.be.ta./ke.do./o.i.shi.ka.tta.

□ 大部分都很好吃，就是前菜少了點美味。

大体全部<ruby>だいたいぜんぶ</ruby>すごくおいしかったけれど、
前菜<ruby>ぜんさい</ruby>はうまみに欠<ruby>か</ruby>けていた。

da.i.ta.i./ze.n.bu./su.go.ku./o.i.shi.ka.tta./
ke.re.do./ze.n.sa.i.wa./u.ma.mi.ni./ka.ke.te./
i.ta.

☐ (好吃到) 可以每天都吃喔！

毎日食べていられるよ！

ma.i.ni.chi./ta.be.te./i.ra.re.ru.yo.

☐ 味道很道地呢。

すごく本格的な味だね。

su.go.ku./ho.n.ka.ku.te.ki.na./a.ji.da.ne.

☐ 真是絕品佳餚。

まさに絶品でした。

ma.sa.ni./ze.ppi.n.de.shi.ta.

☐ 豬排很油膩。

とんかつは脂っこかった。

to.n.ka.tsu.wa./a.bu.ra.kko.ka.tta.

☐ 湯裡的香料起了作用，很辣。

スープは香辛料が効いて辛かった。

su.u.pu.wa./ko.u.shi.n.ryo.u.ga./ki.i.te./ka.ra.
ka.tta.

☐ 入口即溶！

口の中でとろけちゃう！

ku.chi.no./na.ka.de./to.ro.ke.cha.u.

135

酒吧夜店

□ 今晚要不要去酒吧或小酒館喝一杯？

<ruby>今夜<rt>こんや</rt></ruby>はバーやスナックで<ruby>飲<rt>の</rt></ruby>もうか？

ko.n.ya.wa./ba.a.ya./su.na.kku.de./no.mo.u.ka.

□ 要喝什麼？

<ruby>何<rt>なに</rt></ruby>を<ruby>飲<rt>の</rt></ruby>む？

na.ni.o./no.mu.

□ 可以給我 1 瓶當地啤酒嗎？

<ruby>地<rt>ぢ</rt></ruby>ビールをもう１<ruby>本<rt>いっぽん</rt></ruby>、<ruby>持<rt>も</rt></ruby>ってきてくれませんか？

ji.bi.i.ru.o./mo.u./i.ppo.n./mo.tte.ki.te./ku.re.ma.se.n.ka.

□ 請給我 1 杯白葡萄酒。

<ruby>白<rt>しろ</rt></ruby>ワインをグラスに１<ruby>杯<rt>いっぱい</rt></ruby>ください。

shi.ro.wa.i.n.o./gu.ra.su.ni./i.ppa.i./ku.da.sa.i.

□ 我來幫您倒點葡萄酒吧？

ワインをおつぎしましょうか？

wa.i.n.o./o.tsu.gi./shi.ma.sho.u.ka.

136

☐ 還可以點飲料嗎？

まだ飲<ruby>飲<rt>の</rt></ruby>み物<ruby>物<rt>もの</rt></ruby>は出<ruby>出<rt>だ</rt></ruby>してもらえますか？

ma.da./no.mi.mo.no.wa./da.shi.te./mo.ra.
e.ma.su.ka.

☐ 再給我一杯香檳。

シャンパンのおかわりください。

sha.n.pa.n.no./o.ka.wa.ri./ku.da.sa.i.

☐ 我想和大家一起舉杯。

乾杯<ruby>乾杯<rt>かんぱい</rt></ruby>をしたいと思<ruby>思<rt>おも</rt></ruby>います。

ka.n.pa.i.o./shi.ta.i.to./o.mo.i.ma.su.

☐ 有什麼下酒菜？

何<ruby>何<rt>なに</rt></ruby>かおつまみはありますか？

na.ni.ka./o.tsu.ma.mi.wa./a.ri.ma.su.ka.

☐ 我想要坐吧台。

カウンター席<ruby>席<rt>せき</rt></ruby>に座<ruby>座<rt>すわ</rt></ruby>りたいのですが。

ka.u.n.ta.a.se.ki.ni./su.wa.ri.ta.i.no./de.su.ga.

☐ 請所有在場的人喝酒。

お酒<ruby>酒<rt>さけ</rt></ruby>をその場<ruby>場<rt>ば</rt></ruby>にいる全員<ruby>全員<rt>ぜんいん</rt></ruby>におごる。

o.sa.ke.o./so.no.ba.ni./i.ru./ze.n.i.n.ni./o.go.ru.

咖啡廳、速食店

□ 要內用。

ここで食<ruby>食<rt>た</rt></ruby>べます。

ko.ko.de./ta.be.ma.su.

□ 要帶走。

<ruby>持<rt>も</rt></ruby>ち<ruby>帰<rt>かえ</rt></ruby>りで。

mo.chi.ka.e.ri.de.

□ 請給我 1 份這個套餐。

このセット<ruby>1<rt>ひと</rt></ruby>つください。

ko.no./se.tto./hi.to.tsu./ku.da.sa.i.

□ 我要 A 套餐，大杯可樂。

セット A をコーラの L サイズで。

se.tto.e.o./ko.o.ra.no./e.ru.sa.i.zu.de.

□ 要不要一起帶個飲料。

ご<ruby>一緒<rt>いっしょ</rt></ruby>にお<ruby>飲<rt>の</rt></ruby>み<ruby>物<rt>もの</rt></ruby>はいかがですか？

go.i.ssho.ni./o.no.mi.mo.no.wa./i.ka.ga.de.
su.ka.

□ 餐盤就這樣放著可以嗎？

トレイはそのままで大丈夫ですか？

to.re.i.wa./so.no.ma.ma.de./da.i.jo.u.bu.de.su.
ka.

□ 請去冰。

氷抜きにしてください。

ko.o.ri.nu.ki.ni./shi.te./ku.da.sa.i.

□ 我不要加酸黃瓜。

ピクルス抜きでお願いします。

pi.ku.ru.su.nu.ki.de./o.ne.ga.i./shi.ma.su.

□ 我想續杯咖啡。

コーヒーのおかわりをいただけます
か？

ko.o.hi.i.no./o.ka.wa.ri.o./i.ta.da.ke.ma.su.ka.

□ 要加奶精和糖嗎？

クリームとお砂糖は入れますか？

ku.ri.i.mu.to./o.sa.to.u.wa./i.re.ma.su.ka.

□ 不要糖。

お砂糖はいらない。

o.sa.to.u.wa./i.ra.na.i.

電視

□ 哪個電視節目受歡迎？

どのテレビ番組が人気なの？

do.no./te.re.bi./ba.n.gu.mi.ga./ni.n.ki./na.no.

- -

□ 通常看哪一類的電視節目呢？

いつもどんな種類のテレビ番組を見ますか？

i.tsu.mo./do.n.na./shu.ru.i.no./te.re.bi./ba.n.gu.mi.o./mi.ma.su.ka.

- -

□ 最近開始看談話節目。

最近トーク番組を見始めるようになりました。

sa.i.ki.n./to.o.ku./ba.n.gu.mi.o./mi.ha.ji.me.ru./yo.u.ni./na.ri.ma.shi.ta.

- -

□ 那是我喜歡的電視節目之一。

それは私のお気に入りのテレビ番組の1つです。

so.re.wa./wa.ta.shi.no./o.ki.ni.i.ri.no./te.re.bi./ba.n.gu.mi.no./hi.to.tsu.de.su.

☐ 是不是好好錄下來了呢？

ちゃんと録画できてるかな？

cha.n.to./ro.ku.ga./de.ki.te.ru./ka.na.

☐ 有什麼大新聞嗎？

何か大きなニュースはある？

na.i.ka./o.o.ki.na./nyu.u.su.wa./a.ru.

☐ 電視節目說什麼？

テレビは何て言っているの？

te.re.bi.wa./na.n.te./i.tte./i.ru.no.

☐ 看「笑點」很開心。

笑点を見て楽しみます。

sho.u.te.n.o./mi.te./ta.no.shi.mi.de.su.

☐ 我是這節目的頭號粉絲。

私はこの番組の大ファンよ。

wa.ta.shi.wa./ko.no./ba.n.gu.mi.no./da.i.fa.
n.yo.

☐ 她是電視兒童。

彼女はテレビっ子です。

ka.no.jo.wa./te.re.bi.kko.de.su.

電話

□ 好像弄錯電話號碼了。

でんわばんごう まちが
電話番号を間違えたらしい。

de.n.wa.ba.n.go.u.o./ma.chi.ga.e.ta./ra.shi.i.

□ 不能一邊開車一邊講電話。

でんわ うんてん
電話をしながら運転してはいけない。

de.n.wa.o./shi.na.ga.ra./u.n.te.n./shi.te.wa./
i.ke.na.i.

□ 我的手機在這裡收不到訊號。

わたし けいたい けんがい
ここでは、私の携帯は圏外だ。

ko.ko.de.wa./wa.ta.shi.no./ke.i.ta.i.wa./
ke.n.ga.i.da.

□ 我的手機收不到訊號，你的呢？

わたし けいたい けんがい
私の携帯は圏外です。あなたのは？

wa.ta.shi.no./ke.i.ta.i.wa./ke.n.ga.i.de.su./
a.na.ta.no.wa.

□ 這裡收不到訊號。

けんがい
ここは圏外です。

ko.ko.wa./ke.n.ga.i.de.su.

142

□ 打了電話給她，但馬上又轉到語音信箱。

かのじょ　　でんわ　　　　　　　　　　るすでん
彼女に電話したけどすぐ留守電になっ
た。

ka.no.jo.ni./de.n.wa./shi.ta./ke.do./su.gu./
ru.su.de.n.ni./na.tta.

□ 為惡作劇電話所苦。

でんわ　　なや
いたずら電話に悩まされている。

i.ta.zu.ra./de.n.wa.ni./na.ya.ma.sa.re.te./i.ru.

□ 請不要打電話到公司來。

かいしゃ　　　でんわ
会社には電話をしないで。

ka.i.sha.ni.wa./de.n.wa.o./shi.na.i.de.

□ 在火車裡講電話不太好。

でんしゃない　けいたいでんわ　　はな
電車内で携帯電話で話すのはよくない
です。

de.n.sha.na.i.de./ke.i.ta.i.de.n.wa.de./ha.na.
su./no.wa./yo.ku.na.i.de.su.

□ 不好意思，可以請你去外面說嗎？

そと　　はな
すみませんが、外でお話しいただけま
すか？

su.mi.ma.se.n.ga./so.to.de./o.ha.na.shi./i.ta.
da.ke.ma.su.ka.

143

郵件

☐ 以電子郵件保持聯絡。

メールで連絡を取り合う。

me.e.ru.de./re.n.ra.ku.o./to.ri.a.u.

☐ 寄空白郵件給我，我好加入通訊錄。

登録するから空メールを送って。

to.u.ro.ku./su.ru./ka.ra./ka.ra.me.e.ru.o./o.ku.
tte.

☐ 因為亂碼無法讀郵件內容。

文字化けしてメールが読めない。

mo.ji.ba.ke./shi.te./me.e.ru.ga./yo.me.na.i.

☐ 對不起回信晚了。

メールの返事が遅くなってごめん。

me.e.ru.no./he.n.ji.ga./o.so.ku./na.tte./go.me.n.

☐ 陌生人寄來的郵件最好別開。

知らない人からのメールは開かないほう
がいいよ。

shi.ra.na.i./hi.to./ka.ra.no./me.e.ru.wa./hi.ra.
ka.na.i./ho.u.ga./i.i.yo.

144

☐ 那封郵件，可以轉寄給我嗎？

そのメール、私_{わたし}に転送_{てんそう}してくれる？

so.no./me.e.ru./wa.ta.shi.ni./te.n.so.u./shi.te./ku.re.ru.

☐ 要不要交換 e-mail ？

アドレスを交換_{こうかん}しませんか？

a.do.re.su.o./ko.u.ka.n./shi.ma.se.n.ka.

☐ 到公司後就會確認電子郵件。

出社_{しゅっしゃ}したらメールをチェックする。

shu.ssha./shi.ta.ra./me.e.ru.o./che.kku./su.ru.

☐ 打不開附件。

添付_{てんぷ}ファイルが開_{ひら}けない。

te.n.pu./fa.i.ru.ga./hi.ra.ke.na.i.

☐ 好像搞錯收件人了。

宛先_{あてさき}を間違_{まちが}えて送_{おく}っちゃった。

a.te.sa.ki.o./ma.chi.ga.e.te./o.ku.ccha.tta.

☐ 廣告信真多。

迷惑_{めいわく}メール多_{おお}いな。

me.i.wa.ku./me.e.ru./o.o.i.na.

電腦網路

MP3 072

□ 有英語作業系統的機種嗎？

ＯＳが英語の機種はありますか？

o.e.su.ga./ei.go.no./ki.shu.wa./a.ri.ma.su.ka.

□ 想帶筆電來用網路，可以嗎？

ノートパソコンを持ち込みでネット
接続したいのですが、できますか？

no.o.to.pa.so.ko.n.no./mo.chi.ko.mi.de./ne.tto.
se.tsu.zo.ku.shi.ta.i.no./de.su.ga./de.ki.ma.su.
ka.

□ 重開了好幾次。

何回も再起動した。

na.n.ka.i.mo./sa.i.ki.do.u./shi.ta.

□ 連上網路了嗎？

インターネットに接続した？

i.n.ta.a.ne.tto.ni./se.tsu.zo.ku./shi.ta.

□ (請) 回到上一頁。

前のページに戻って。

ma.e.no./pe.e.ji.ni./mo.do.tte.

□ 試著連到官網。

オフィシャルサイトにアクセスしてみた。

o.fi.sha.ru.sa.i.to.ni./a.ku.se.su./shi.te./mi.ta.

□ 我想存這個網頁，該怎麼做呢？

このページを保存したいですが、どうすればいいですか？

ko.no./pe.e.ji.o./ho.zo.n./shi.ta.i.de.su.ga./
do.u.su.re.ba./i.i.de.su.ka.

□ 把游標移到那個文件上。

そのテキストにカーソルを移動する。

so.no./te.ki.su.to.ni./ka.a.so.ru.o./i.do.u./
su.ru.

□ 點擊那個。

それをクリックして。

so.re.o./ku.ri.kku./shi.te.

□ 整天都在用電腦或手機，眼睛很疲勞。

1日中パソコンやスマホを使って目が疲れた。

i.chi.ni.chi.ju.u./pa.so.ko.n.ya./su.ma.ho.o./
tsu.ka.tte./me.ga./tsu.ka.re.ta.

電腦問題

☐ 網路是不是很慢？

ネット遅くないですか？

ne.tto./o.so.ku.na.i.de.su.ka.

☐ 好像忘了關公司的電腦。

会社のパソコンの電源を切り忘れたか

もしれない。

ka.i.sha.no./pa.so.ko.n.no./de.n.ge.n.o./ki.ri.
wa.su.re.ta./ka.mo.shi.re.na.i.

☐ 閱覽記錄要怎麼刪除。

履歴はどうやって削除するの？

ri.re.ki.wa./do.u.ya.tte./sa.ku.jo./su.ru.no.

☐ 說不定中毒了。

ウイルスに感染されたかもしれない。

u.i.ru.su.ni./ka.n.se.n./sa.re.ta./ka.mo.shi.
re.na.i.

☐ 螢幕上顯示錯誤。

画面上にエラーが表示されている。

ga.me.n.jo.u.ni./e.ra.a.ga./hyo.u.ji./sa.re.te./
i.ru.

□ 可以先關掉電源 (等一下再開) 嗎？

一度、電源を落としていいですか？

i.chi.do./de.n.ge.n.o./o.to.shi.te./i.i.de.su.ka.

□ 連不上網路。

インターネットにつながりません。

i.n.ta.a.ne.tto.ni./tsu.na.ga.ri.ma.se.n.

□ 游標不動了。

カーソルが固まってる。

ka.a.so.ru.ga./ka.ta.ma.tte.ru.

□ 檔案存到哪裡了？

ファイルはどこに保存したっけ？

fa.i.ru.wa./do.ko.ni./ho.zo.n./shi.ta.kke.

□ 平板裡的資料不見了！

タブレットのデータが消えちゃった！

ta.bu.re.tto.no./de.e.ta.ga./ki.e.cha.tta.

□ 電腦當機了，要重開機才行。

パソコンがフリーズした。再起動しないといけない。

pa.so.ko.n.ga./fu.ri.i.zu./shi.ta./sa.i.ki.do.u./shi.na.i.to./i.ke.na.i.

SNS

□ 你玩 instagram 嗎？

インスタをやってる？

i.n.su.ta.o./ya.tte.ru.

□ 我會提出好友申請喔。

友達リクエストを送るね。
ともだち　　　　　　　　おく

to.mo.da.chi./ri.ku.e.su.to.o./o.ku.ru.ne.

□ 他的 instagram 追隨者很多。

彼のインスタのフォロワー数が多い。
かれ　　　　　　　　　　　　　すう　おお

ka.re.no./i.n.su.ta.no./fo.ro.wa.a.su.u.ga./
o.o.i.

□ 願意的話請跟隨我。

よかったらフォローしてください。

yo.ka.tta.ra./fo.ro.o./shi.te./ku.da.sa.i.

□ 比起電視新聞，SNS 的情報比較快。

テレビのニュースより、SNS のほうが
情報が早い。
じょうほう　はや

te.re.bi.no./nyu.u.su./yo.ri./e.su.e.nu.e.su.no./
ho.u.ga./jo.u.ho.u.ga./ha.ya.i.

☐ 改了帳戶顯示圖片。

プロフ写真を変更した。

pu.ro.fu./sha.shi.n.o./he.n.ko.u./shi.ta.

☐ 加上 "#" 發推。

タグを付けてツイートした。

ta.gu.o./tsu.ke.te./tsu.i.i.to./shi.ta.

☐ 每天都上傳愛犬的照片。

愛犬の写真を毎日投稿している。

a.i.ke.n.no./sha.shi.n.o./ma.i.ni.chi./to.u.ko.u./
shi.te./i.ru.

☐ 明明已讀，卻還沒回覆。

既読なのに、返事が来ない。

ki.do.ku./na.no.ni./he.n.ji.ga./ko.na.i.

☐ 我把一起拍的照片上傳囉。

一緒にいる写真をアップしたよ。

i.ssho.ni./i.ru./sha.shi.n.o./a.ppu./shi.ta.yo.

☐ 不知道怎麼取消帳號。

退会の仕方がわからない。

ta.i.ka.i.no./shi.ka.ta.ga./wa.ka.ra.na.i.

151

購物

☐ 推薦哪個呢？

　どれがおすすめですか？

　do.re.ga./o.su.su.me.de.su.ka.

☐ 有兒童服飾嗎？

　子供服はどこにありますか？

　ko.do.mo.fu.ku.wa./do.ko.ni./a.ri.ma.su.ka.

☐ 請給我看那個。

　あれを見せてください。

　a.re.o./mi.se.te./ku.da.sa.i.

☐ 可以試穿嗎？

　試着していいですか？

　shi.cha.ku./shi.te./i.i.de.su.ka.

☐ 尺寸太大了。(太小：小さすぎます)

　サイズが大きすぎます。

　sa.i.zu.ga./o.o.ki.su.gi.ma.su.

□ 有其他設計嗎？(其他顏色：他の色)

他のデザインはありますか？

ho.ka.no./de.za.i.n.wa./a.ri.ma.su.ka.

□ 只是看一下，謝謝。

ただ見ているだけです。ありがとう。

ta.da./mi.te./i.ru./da.ke.de.su./a.ri.ga.to.u.

□ 因為沒辦法決定，下次再來。

決められないのでまたにします。

ki.me.ra.re.na.i./no.de./ma.ta.ni./shi.ma.su.

□ 這個能零賣嗎？

これはばら売りしていますか？

ko.re.wa./ba.ra.u.ri./shi.te./i.ma.su.ka.

□ 請給我這個。

これをください。

ko.re.o./ku.da.sa.i.

□ 請幫我包裝。

贈り物用に包んでください。

o.ku.ri.mo.no.yo.u.ni./tsu.tsu.n.de./ku.da.sa.i.

價格

☐ 這可以免稅嗎？

これ、免税で買えますか？

ko.re./me.n.ze.i.de./ka.e.ma.su.ka.

☐ 我要信用卡1次付清。

カードで1括払いでお願いします。

ka.a.do.de./i.kka.tsu.ba.ra.i.de./o.ne.ga.i./shi.
ma.su.

☐ 這個折價券可以用嗎？

このクーポン券、使えますか？

ko.no./ku.u.po.n.ke.n./tus.ka.e.ma.su.ka.

☐ 那些全部多少錢？

それら全部でいくらですか？

so.re.ra./ze.n.bu.de./i.ku.ra.de.su.ka.

☐ 今天是點數5倍的日子，要多買一點。

今日はポイント5倍デーだからたくさ
ん買おう。

kyo.u.wa./po.i.n.to./go.ba.i.de.e./da.ka.ra./
ta.ku.sa.n./ka.o.u.

□ 從 3 點開始有限時特賣，會更便宜喔。

<ruby>3<rt>さんじ</rt></ruby>時からタイムセールがあって、<ruby>更<rt>さら</rt></ruby>に
<ruby>安<rt>やす</rt></ruby>くなるよ。

sa.n.ji./ka.ra./ta.i.mu.se.e.ru.ga./a.tte./sa.ra.
ni./ya.su.ku./na.ru.yo.

□ 買 2 個可以打折嗎？

<ruby>2<rt>ふた</rt></ruby>つ<ruby>買<rt>か</rt></ruby>ったら、<ruby>値引<rt>ねび</rt></ruby>きできますか？

fu.ta.tsu./ka.tta.ra./ne.bi.ki./de.ki.ma.su.ka.

□ 這價格貴得買不起。

<ruby>手<rt>て</rt></ruby>の<ruby>届<rt>とど</rt></ruby>かない<ruby>値段<rt>ねだん</rt></ruby>だな。

te.no./to.do.ka.na.i./ne.da.n.da.na.

□ 價錢很合理呢。

<ruby>手頃<rt>てごろ</rt></ruby>な<ruby>値段<rt>ねだん</rt></ruby>ですね。

te.go.ro.na./ne.da.n.de.su.ne.

□ 超出了預算。

<ruby>予算<rt>よさん</rt></ruby>をオーバーしています。

yo.sa.n.o./o.o.ba.a./shi.te./i.ma.su.

□ 沒算錯嗎？

<ruby>計算<rt>けいさん</rt></ruby>、<ruby>間違<rt>まちが</rt></ruby>っていませんか？

ke.i.sa.n./ma.chi.ga.tte./i.ma.se.n.ka.

家電量販店

□ 要買電器，該去哪比較好呢？

電化製品を買うには、どこへ行ったらよいでしょうか？

de.n.ka.se.i.hi.n.no./ka.u./ni.wa./do.ko.e./i.tta.ra./yo.i.de.sho.u.ka.

□ 我在找電動刮鬍刀，哪裡有呢？

電気ヒゲソリを探しているのですが、どこにありますか？

de.n.ki.hi.ge.so.ri.o./sa.ga.shi.te./i.ru.no.de.su.ga./do.ko.ni./a.ri.ma.su.ka.

□ 這個商品有貨嗎？

こちらの商品の在庫はありますか？

ko.chi.ra.no./sho.u.hi.n.no./za.i.ko.wa./a.ri.ma.su.ka.

□ 這產品有 2 年保固，但只適用於日本國內。

この製品は 2 年保証ですが、日本国内でのみ適用されます。

ko.no./se.i.hi.n.wa./ni.ne.n.ho.sho.u.de.su.ga./ni.ho.n.ko.ku.na.i.de./no.mi./te.ki.yo.u./sa.re.ma.su.

☐ 有行動電源嗎？

モバイルバッテリーはありますか？

mo.ba.i.ru.ba.tte.ri.i.wa./a.ri.ma.su.ka.

- -

☐ 在台灣也能用日本的電器。

台湾で日本の電気製品も使えます。

ta.i.wa.n.de./ni.ho.n.no./de.n.ki.se.i.hi.n.mo./
tsu.ka.e.ma.su.

- -

☐ 展示品可以打折嗎？

展示商品の値引きは可能でしょうか？

te.n.ji.sho.u.hi.n.no./ne.bi.ki.wa./ka.no.u.de.
sho.u.ka.

- -

☐ 附保固嗎？

保障はつきますか？

ho.sho.u.wa./tsu.ki.ma.su.ka.

- -

☐ 這產品才剛發售。

この製品は発売されたばかりです。

ko.no./se.i.hi.n.wa./ha.tsu.ba.i./sa.re.ta./
ba.ka.ri.de.su.

- -

☐ 這是哪裡製的？

これはどこの製品ですか？

ko.re.wa./do.ko.no./se.i.hi.n.de.su.ka.

故障維修

☐ 我想請你修理空調。

エアコンを修理してもらいたいです。

e.a.ko.n.o./shu.u.ri./shi.te./mo.ra.i.ta.i.de.su.

☐ 請幫我換電池。

バッテリー交換をお願いします。

ba.tte.ri.i./ko.u.ka.n.o./o.ne.ga.i./shi.ma.su.

☐ 如果還在保固期，說不定可以免費維修喔。

まだ保証期間であれば無料で修理して
もらえるかもしれないよ。

ma.da./ho.sho.u.ki.ka.n.de./a.re.ba./mu.ryo.
u.de./shu.u.ri./shi.te./mo.ra.e.ru./ka.mo.shi.
re.na.i.yo.

☐ 該把壞掉的數位相機修好才行。

壊れたデジカメを直さないと。

ko.wa.re.ta./de.ji.ka.me.o./na.o.sa.na.i.to.

☐ 房東不幫忙修理漏水。

大家さんが水漏れを直してくれない。

o.o.ya.sa.n.ga./mi.zu.mo.re.o./na.o.shi.te./
ku.re.na.i.

□ 電視送修拿回來了。

テレビが修理から返ってきました。

te.re.bi.ga./shu.u.ri./ka.ra./ka.e.tte./ki.ma.shi.ta.

□ 因為交通意外把車子送修了。

交通事故で車を修理に出した。

ko.u.tsu.u.ji.ko.de./ku.ru.ma.o./shu.u.ri.ni./
da.shi.ta.

□ 可以幫我換鞋底嗎？

靴のソールを換えていただけますか？

ku.tsu.no./so.o.ru.o./ka.e.te./i.ta.da.ke.ma.su.ka.

□ 修理需要 2 星期。

修理するのに 2 週間かかった。

shu.u.ri./su.ru./no.ni./ni.shu.u.ka.n./ka.ka.tta.

□ 吹風機怪怪的。

ドライヤーの調子がおかしい。

do.ra.i.ya.a.no./cho.u.shi.ga./o.ka.shi.i.

□ 要送回原廠才行。

メーカーに送らなければならない。

me.e.ka.a.ni./o.ku.ra.na.ke.re.ba./na.ra.na.i.

美髮沙龍

MP3
079

□ 把洗髮乳和潤絲精搞反了。

シャンプーとリンスを間違えた。

sha.n.pu.u.to./ri.n.su.o./ma.chi.ga.e.ta.

□ 把護髮乳抹在頭髮上，等一下子。

トリートメントを髪につけたまま、しばらく待つ。

to.ri.i.to.me.n.to.o./ka.mi.ni./tsu.ke.ta./ma.ma./
shi.ba.ra.ku./ma.tsu.

□ 我要剪髮。

カットをお願いします。

ka.tto.o./o.ne.ga.i./shi.ma.su.

□ 可以剪成和照片上一樣嗎？

この写真のようにしていただけますか？

ko.no./sha.shi.n.no./yo.u.ni./shi.te./i.ta.da.ke.
ma.su.ka.

□ 可以幫我打薄嗎？

髪をすいてもらえますか？

ka.mi.o./su.i.te./mo.ra.e.ma.su.ka.

☐ 請不要剪太短。

あまり短くはしないでください。

a.ma.ri./mi.ji.ka.ku.wa./shi.na.i.de./ku.da.sa.i.

☐ 請把受損的地方剪齊。

傷んだ部分を切り揃えてください。

i.ta.n.da./bu.bu.n.o./ki.ri.so.ro.e.te./ku.da.sa.i.

☐ 頭髮有點受損。

髪が少し傷んでいる。

ka.mi.ga./su.ko.shi./i.ta.n.de./i.ru.

☐ 想要有瀏海。

前髪を作りたい。

ma.e.ga.mi.o./tsu.ku.ri.ta.i.

☐ 都是自己染髮。

いつも自分で髪を染めてる。

i.tsu.mo./ji.bu.n.de./ka.mi.o./so.me.te.ru.

☐ 想要燙髮，需要多少時間呢？

パーマをかけたいのですが、どれくら
いの時間がかかりますか？

pa.a.ma.o./ka.ke.ta.i.no./de.su.ga./do.re.ku.ra.
i.no./ji.ka.n.ga./ka.ka.ri.ma.su.ka.

流行時尚

□ 現在流行怎樣的時尚呢？

どんなファッションが流行<ruby>行<rt>は</rt></ruby>っていますか？

do.n.na./fa.ssho.n.ga./ha.ya.tte./i.ma.su.ka.

□ 很喜歡這種的穿搭法。

この<ruby>着<rt>き</rt></ruby>こなし<ruby>方<rt>かた</rt></ruby>がすごく<ruby>好<rt>す</rt></ruby>き。

ko.no./ki.ko.na.shi./ka.ta.ga./su.go.ku./su.ki.

□ 這個外形 (造型) 很好對吧。

この<ruby>形<rt>かたち</rt></ruby>がすごくいいよね。

ko.no./ka.ta.chi.ga./su.go.ku./i.i.yo.ne.

□ 質料很好對吧。

<ruby>生地<rt>きじ</rt></ruby>がいいよね。

ki.ji.ga./i.i.yo.ne.

□ 穿起來好像很舒服，可以試穿嗎？

<ruby>着心地<rt>きごこち</rt></ruby>がよさそう。<ruby>試着<rt>しちゃく</rt></ruby>していい？

ki.go.ko.chi.ga./yo.sa.so.u./shi.cha.ku./shi.te./i.i.

□ 配色很棒呢。

色の組み合わせがいいね。

i.ro.no./ku.mi.a.wa.se.ga./i.i.ne.

□ 這種設計永遠不退流行喔。

こういうデザインは永遠に時代遅れに
ならないよ。

ko.u.i.u./de.za.i.n.wa./e.i.e.n.ni./ji.da.i.o.ku.
re.ni./na.ra.na.i.yo.

□ 這件夾克你在哪裡買的？

このジャケット、どこで手に入れた？

ko.no./ja.ke.tto./do.ko.de./te.ni./i.re.ta.

□ 這件的話，能穿上好幾次。

これなら何回でも着れちゃう。

ko.re.na.ra./na.n.ka.i.de.mo./ki.ra.re.cha.u.

□ 一如往常精銳不凡呢。

いつも通り洗練されてるね。

i.tsu.mo.do.o.ri./se.n.re.n./sa.re.te.ru.ne.

□ 這個包包很高雅呢。

このバッグ、すごく上品ね。

ko.no./ba.ggu./su.go.ku./jo.u.hi.n.ne.

163

化妝

□ 妝有點太濃了吧？

ちょっと化粧濃いんじゃない？

cho.tto./ke.sho.u./ko.i.n.ja.na.i.

□ 我去補個妝。

ちょっと化粧直しに行ってくる。

cho.tto./ke.sho.u.na.o.shi.ni./i.tte./ku.ru.

□ 如果不想塗粉底，那就買淡膚色的防晒乳吧。

ファンデをつけたくないなら、薄い色
のついた日焼け止めを買えばいいよ。

fa.n.de.o./tsu.ke.ta.ku.na.i./na.ra./u.su.i.ro.
no./tsu.i.ta./hi.ya.ke.do.me.o./ka.e.ba./i.i.yo.

□ 等一下喔，我正在化妝。

待っててね、今お化粧してるから。

ma.tte.te.ne./i.ma./o.ke.sho.u./shi.te.ru./
ka.ra.

□ 不化妝看起來比較漂亮。

すっぴんの方がきれいに見える。

su.ppi.n.no./ho.u.ga./ki.re.i.ni./mi.e.ru.

□ 校長總是頂個大濃妝。(淡妝：薄化妝)

校長先生はいつも厚化粧だね。

ko.u.cho.u.se.n.se.i.wa./i.tsu.mo./a.tsu.ge.sho.u.da.ne.

□ 唉呀，脫妝了。

あら、化粧が落ちている。

a.ra./ke.sho.u.ga./o.chi.te.i.ru.

□ 妝很不服貼。

化粧のノリが悪いな。

ke.sho.u.no./no.ri.ga./wa.ru.i.na.

□ 上點妝吧？

少しは化粧すれば？

su.ko.shi.wa./ke.sho.u./su.re.ba.

□ 修整一下眉毛比較好喔。

眉毛を整えた方がいいよ。

ma.yu.ge.o./to.to.no.e.ta./ho.u.ga./i.i.yo.

□ 用卸妝乳卸妝。

クレンジングで化粧を落とす。

ku.re.n.ji.n.gu.de./ke.sho.u.o./o.to.su.

美甲

MP3
082

☐ 把指甲塗成紅色。

爪を赤く塗ったんだ。

tsu.me.o./a.ka.ku./nu.tta.n.da.

☐ 為了朋友的婚禮，去做了指甲。

友だちの結婚式のため、ネイルしても

らったんだ。

to.mo.da.chi.no./ke.kko.n.shi.ki.no./ta.me./
ne.i.ru./shi.te./mo.ra.tta.n.da.

☐ 試了水晶指甲。

ジェルネイルを試してみた。

je.ru.ne.i.ru.o./ta.me.shi.te./mi.ta.

☐ 在指甲上試貼了水鑽。

ラインストーンをネイルにつけてみた。

ra.i.n.su.to.o.n.o./ne.i.ru.ni./tsu.ke.te./mi.ta.

☐ 這件衣服配什麼顏色好呢？

この服には何色の爪にしたらいい？

ko.no./fu.ku.ni.wa./na.ni.i.ro.no./tsu.me.ni./
shi.ta.ra./i.i.

□ 可以讓我看樣品嗎？

サンプルを見せてもらえませんか？

sa.n.pu.ru.o./mi.se.te./mo.ra.e.ma.se.n.ka.

□ 我幫你塗指甲吧？

ネイルをやってあげようか？

ne.i.ru.o./ya.tte./a.ge.yo.u.ka.

□ 在哪裡做的指甲？真好看！

どこでネイルしてもらったの？

do.ko.de./ne.i.ru./shi.te./mo.ra.tta.no.

□ 塗什麼顏色好呢？

何色に塗ったらいいかな？？

na.ni.i.ro.ni./nu.tta.ra./i.i./ka.na.

□ 我想保養腳指甲。

足の爪のお手入れをしてもらいたいの
ですが。

a.shi.no./tsu.me.no./o.te.i.re.o./shi.te./mo.ra.
i.ta.i.no./de.su.ga.

□ 請幫我塗紅色腳指甲。

赤いペディキュアをお願いします。

a.ka.i./pe.di.kyu.a.o./o.ne.ga.i./shi.ma.su.

167

臉部保養

□ 皮膚很光滑。

はだ
肌がすべすべです。

ha.da.ga./su.be.su.be.de.su.

□ 因為乾燥，臉很粗糙。

かんそう　　　かお
乾燥して顔がカサカサになった。

ka.n.sou./shi.te./ka.o.ga./ka.sa.ka.sa.ni./
na.tta.

□ 每天敷臉是不可少的。

まいにち
毎日パックすることを欠かさない。

ma.i.ni.chi./pa.kku./su.ru./ko.to.o./ka.ka.
sa.na.i.

□ 我的毛孔很明顯，面膜之類的保養是不可少的。

わたし　けあな　めだ
私は毛穴が目立つから、パックなどお

てい　　か
手入れが欠かせないの。

wa.ta.shi.wa./ke.a.na.ga./me.da.tsu./ka.ra./
pa.kku.na.do./o.te.i.re.ga./ka.ka.se.na.i.no.

□ 想擁有透明感和光澤的皮膚。

とうめいかん　　　　　　　はだ
透明感のあるツヤ肌になりたいな。

to.u.me.i.ka.n.no./a.ru./tsu.ya.ha.da.ni./na.ri.
ta.i.na.

□ 最近常長痘子。

最近よく吹き出物ができる。
さいきん　　　　ふ　でもの

sa.i.ki.n./yo.ku./fu.ki.de.mo.no.ga./de.ki.ru.

□ T字部位泛油了。

Tゾーンがテカってる。

ti.zo.o.n.ga./te.ka.tte.ru.

□ 很容易長痘子也可以用這個乳液嗎？

ニキビができやすくてもこのローショ
ンを使って大丈夫ですか？
　　　つか　　だいじょうぶ

ni.ki.bi.ga./de.ki.ya.su.ku.te.mo./ko.no./
ro.o.sho.no./tsu.ka.tte./da.i.jo.u.bu.de.su.ka.

□ 因為是敏感性肌膚，都用有機的保養品。

敏感肌なので、オーガニックのスキン
びんかんはだ
ケア商品を使っている。
しょうひん　つか

bi.n.ka.n.ha.da./na.no.de./o.o.ga.ni.kku.no./
su.ki.n.ke.a./sho.u.hi.n.o./tsu.ka.tte./i.ru.

□ 定期去美容沙龍做臉。

定期的にフェイシャルエステに通って
ていきてき　　　　　　　　　　かよ
いる。

te.i.ki.te.ki.ni./fe.i.sha.ru./e.su.te.ni./ka.yo.
tte./i.ru.

塑身

MP3
084

□ 穿什麼都不適合,該減肥了。

どんな服も合わないよ。ダイエットし
なきゃ。

do.n.na./fu.ku.mo./a.wa.na.i.yo./da.i.e.tto./
shi.na.kya.

□ 體重增加了好多。

すごく体重が増えちゃった。

su.go.ku./ta.i.ju.u.ga./fu.e.cha.tta.

□ 不減重不行了。

体重を減らさないといけないの。

ta.ju.u.o./he.ra.sa.na.i.to./i.ke.na.i.no.

□ 想變瘦擁有理想的體型。

痩せて理想の体を手に入れたい。

ya.se.te./ri.so.u.no./ka.ra.da.o./te.ni./i.re.ta.i.

□ 身體變輕盈了。

体が軽くなった。

ka.ra.da.ga./ka.ru.ku./na.tta.

□ 體重稍微減輕了唷。

すこ たいじゅう へ
少し体重が減ったよ。

su.ko.shi./ta.i.ju.u.ga./he.tta.yo.

□ 去美容中心進行諮詢。

う
エステでカウンセリングを受けた。

e.su.te.de./ka.u.n.se.ri.n.gu.o./u.ke.ta.

□ 接受全身按摩。

ぜんしん
全身のマッサージを受けた。

ze.n.shi.n.no./ma.ssa.a.ji.o./u.ke.ta.

□ 睡前做伸展運動。

ね まえ
寝る前にストレッチをする。

ne.ru./ma.e.ni./su.to.re.cchi.o./su.ru.

□ 均衡飲食和大量運動是必要的。

と しょくじ うんどう
バランスの取れた食事と運動をたくさ
ひつよう
んすることが必要だ。

ba.ra.n.su.no./to.re.ta./sho.ku.ji.to./u.n.do.
u.o./ta.ku.sa.n./su.ru./ko.to.ga./hi.tsu.yo.u.da.

□ 每天都做腳部按摩。

まいにちあし
毎日足をマッサージしている。

ma.i.ni.chi./a.shi.o./ma.ssa.a.ji./shi.te./i.ru.

171

健身房

MP3 085

□ 夏天來之前想要健身。

夏が来る前に身体を鍛えたい。

na.tsu.ga./ku.ru./ma.e.ni./ka.ra.da.o./ki.ta.e.ta.i.

□ 現在體型走樣，該上健身房了。

今すごく体型が崩れてるの。ジムに行

かなきゃ。

i.ma./su.go.ku./ta.i.ke.i.ga./ku.zu.re.te.ru.no./ji.mu.ni./i.ka.na.kya.

□ 有腹肌。

お腹は割れている。

o.na.ka.wa./wa.re.te./i.ru.

□ 身體變壯了呢。

体、大きくなったな

ka.ra.da./o.o.ki.ku./na.tta.na.

□ 多久上一次健身房？

どれくらいジムに通ってるの？

do.re./ku.ra.i./ji.mu.ni./ka.yo.tte.ru.no.

172

□ 開始做瑜珈後，循環變好了。

ヨガを始めると体内循環がよくなった。

yo.ga.o./ha.ji.me.ru.to./ta.i.na.i.ju.n.ka.n.ga./
yo.ku.na.tta.

□ 今天要做什麼運動？

今日は何に取り組んでるの？

kyo.u.wa./na.ni.ni./to.ri.ku.n.de.ru.no.

□ 今天是有氧運動的日子喔。

今日は有酸素運動の日だよ。

kyo.u.wa./yu.u.sa.n.so.u.n.do.u.no./hi.da.yo.

□ 現在在上說英語的瑜珈教室。

今、英語のヨガ教室に通っている。

i.ma./e.i.go.no./yo.ga.kyo.u.shi.tsu.ni./ka.yo.
tte./i.ru.

□ 昨天上健身房，早上起來全身痠痛。

昨日ジムに行って、今朝起きたら全身あちこちが痛い。

ki.no.u./ji.mu.ni./i.tte./ke.sa./o.ki.ta.ra.
ze.n.shi.n./a.chi.ko.chi.ga./i.ta.i.

運動

□ 運動前，一定要做熱身運動喔。

うんどう まえ かなら じゅんびうんどう
運動の前に、必ず準備運動をしてね。

u.n.do.u.no./ma.e.ni./ka.na.ra.zu./ju.n.bi.
u.n.do.u.o./shi.te.ne.

□ 我每天運動。

わたし まいにちうんどう
私 は毎日運動をする。

wa.ta.shi.wa./ma.i.ni.chi./u.n.do.u.o./su.ru.

□ 我很擅長運動。

わたし うんどう とくい
私 は運動が得意です。

wa.ta.shi.wa./u.n.do.u.ga./to.ku.i.de.su.

□ 我的運動神經不好，但喜歡看(比賽)。

うんどうしんけい み す
運動神経がないが、見るのは好き。

u.n.do.u.shi.n.ke.i.ga./na.i.ga./mi.ru.no.wa./
su.ki.

□ 只跑了一下就快喘不過氣，真是缺乏運動。

はし いき き
ちょっと走るだけで息が切れる。ひど
うんどうぶそく
く運動不足だ。

cho.tto./ha.shi.ru./da.ke.de./i.ki.ga./ki.re.ru./
hi.do.ku./u.n.do.u.bu.so.ku.da.

□ 我的家人都是體育選手。

私の家族はみんなスポーツマンです。

wa.ta.shi.no./ka.zo.ku.wa./mi.n.na./su.po.o.tsu.ma.n.de.su.

□ 在家邊看電視邊運動。

家でテレビを見ながら運動している。

i.e.de./te.re.bi.o./mi.na.ga.ra./u.n.do.u./shi.te./i.ru.

□ 週末要不要一起打籃球？

週末一緒にバスケをやらない？

shu.u.ma.tsu./i.ssho.ni./ba.su.ke.o./ya.ra.na.i.

□ 上個月，第 1 次跑完馬拉松。

先月、初めてマラソンを完走した。

se.n.ge.tsu./ha.ji.me.te./ma.ra.so.no.no./ka.n.so.u./shi.ta.

□ 每天都慢跑喔。

毎日ジョギングをしているよ。

ma.i.ni.chi./jo.gi.n.gu.o./shi.te./i.ru.yo.

□ 我是運動白痴。

私は運動音痴です。

wa.ta.shi.wa./u.n.do.u.o.n.chi.de.su.

戶外活動

MP3
087

☐ 我喜歡戶外熱愛大自然。

私はアウトドア派で大自然が好き。

wa.ta.shi.wa./a.u.to.do.a.ha.de./da.i.shi.
ze.n.ga./su.ki.

☐ 常去健行。

よくハイキングに行く。

yo.ku./ha.i.ki.n.gu.ni./i.ku.

☐ 很期待明天的露營。

明日のキャンプが楽しみだね。

a.shi.ta.no./kya.n.pu.ga./ta.no.shi.mi.da.ne.

☐ 星期六要在河邊烤肉，你要參加嗎？

土曜日に川でバーベキューをやるんだ
けどさ、参加できそう？

do.yo.u.bi.ni./ka.wa.de./ba.a.be.kyu.u.o./ya.ru.
n./da.ke.do.sa./sa.n.ka./de.ki.so.u.

☐ 父親很習慣爬山。

父は登山に慣れている。

chi.chi.wa./to.za.n.ni./na.re.te./i.ru.

□ 那麼高的山，沒自信能爬上去。

そんなに高い山に登れるかどうか自信
がない。

so.n.na.ni./ta.ka.i./ya.ma.ni./no.bo.re.ru.ka./
do.u.ka./ji.shi.n.ga./na.i.

□ 下雨的話就不去爬山。

雨なら山登りはやめます。

a.me./na.ra./ya.ma.no.bo.ri.wa./ya.me.ma.su.

□ 最近很愛爬山。

最近、山登りを楽しんでます。

sa.i.ki.n./ya.ma.no.bo.ri.o./ta.no.shi.n.de.
ma.su.

□ 週末要和朋友去賞櫻，如果你願意的話請一起來。

週末に友人とお花見をするんだけど、
よかったら来てください。

shu.u.ma.tsu.ni./yu.u.ji.n.to./o.ha.na.mi.o./
su.ru.n./da.ke.do./yo.ka.tta.ra./ki.te./ku.da.
sa.i.

□ 每年都會在這個公園和家人賞櫻。

毎年この公園で家族とお花見します。

ma.i.to.shi./ko.no./ko.u.e.n.de./ka.zo.ku.to./
o.ha.na.mi./shi.ma.su.

遊樂園

☐ 日本的主題樂園我幾乎都去過了。

日本のテーマパークはほとんど行きました。

ni.ho.n.no./te.e.ma.pa.a.ku.wa./ho.to.n.do./
i.ki.ma.shi.ta.

☐ 很喜歡去迪士尼樂園。

ディズニーランドに行くのが大好き。

di.zu.ni.i.ra.n.do.ni./i.ku./no.ga./da.i.su.ki.

☐ 星期日哪個遊樂園都很多人。

日曜はどこのアミューズメントパークも込んでいる。

ni.chi.yo.u.wa./do.ko.no./a.myu.u.zu.me.n.to.
pa.a.ku.mo./ko.n.de./i.ru.

☐ 現在的主題樂園，大人也能樂在其中。

今のテーマパークは、大人でも楽しめるよ。

i.ma.no./te.e.ma.pa.a.ku.wa./o.to.na./de.mo./
ta.no.shi.me.ru.yo.

□ 要等多久？

待ち時間はどれぐらいですか？
ま　じかん

ma.chi.ji.ka.n.wa./do.re.gu.ra.i.de.su.ka.

□ 聽說要排 1 小時以上。

1 時間並ばないとだめだって。
いちじかんなら

i.chi.ji.ka.n./na.ra.ba.na.i to./da.me.da.tte.

□ 接著要坐哪個遊樂設施？

次は、あの乗り物に乗りたい。
つぎ　　　　の　もの　　の

tsu.gi.wa./a.no./no.ri.mo.no.ni./no.ri.ta.i.

□ 那個雲霄飛車，嚇得我心驚膽顫。

あのジェットコースター、ドキドキし

た。

a.no./je.tto.ko.o.su.ta.a./do.ki.do.ki./shi.ta.

□ 很期待煙火。

花火にワクワクする。
はなび

ha.na.bi.ni./wa.ku.wa.ku./su.ru.

□ 和家人去了動物園和水族館。

家族と動物園と水族館に行ってきた。
かぞく　どうぶつえん　すいぞくかん　い

ka.zo.ku.to./do.u.bu.tsu.e.n.to./su.i.zo.ku.ka.
n.ni./i.tte./ki.ta.

活動慶典

□ 這個活動是在哪裡舉行？

このイベントはどこで開かれますか？

ko.no./i.be.n.to.wa./do.ko.de./hi.ra.ka.re.
ma.su.ka.

□ 那邊的公園每週都有跳蚤市場，賣很多好東西唷。

そこの公園で毎週フリマがあって、い
ろんないいものを売ってるよ。

so.ko.no./ko.u.e.n.de./ma.i.shu.u./fu.ri.ma.ga.
a.tte./i.ro.n.na./i.i.mo.no.o./u.tte.ru.yo.

□ 想參加日本人和留學生的交流活動。

日本人と留学生との交流イベントに
参加したい。

ni.ho.n.ji.n.to./ryu.u.ga.ku.se.i.to.no./ko.u.ryu.
u.i.be.n.to.ni./sa.n.ka./shi.ta.i.

□ 今天在市民活動中心有演講喔。

今日市民会館で講演会があるよ。

kyo.u./shi.mi.n.ka.i.ka.n.de./ko.u.e.n.ka.i.ga./
a.ru.yo.

180

☐ 想去祭典看看。

お祭りに行ってみたいですね。

o.ma.tsu.ri.ni./i.tte./mi.ta.i.de.su.ne.

☐ 在寺廟舉行的祭典就叫「緣日」。

お寺で行われるお祭りは「緣日」と呼
びます。

o.te.ra.de./o.ko.na.wa.re.ru./o.ma.tsu.ri.wa./
e.n.ni.chi.to./yo.bi.ma.su.

☐ 有很多人穿夏季和服呢。

浴衣を着る人がたくさんいるね。

yu.ka.ta.o./ki.ru./hi.to.ga./ta.ku.sa.n./i.ru.ne.

☐ 夏日祭典的主要活動，就屬煙火大會。

夏祭りのメインはやはり花火大会だ
ね。

na.tsu.ma.tsu.ri.no./me.i.n.wa./ya.ha.ri./
ha.na.bi.ta.i.ka.i.da.ne.

☐ 在祭典有成排稱為「出店」的攤販。

お祭りでは「出店」と呼ばれる屋台が
並びます。

o.ma.tsu.ri./de.wa./shu.tte.n.to./yo.ba.re.ru./
ya.ta.i.ga./na.ra.bi.ma.su.

健康

□ 每年接受1次健檢。

年に1回人間ドックを受ける。

ne.n.ni./i.kka.i./ni.n.ge.n.do.kku.o./u.ke.ru.

□ 工作很重要，但健康第一喔。

仕事も重要だけど健康が一番だよ。

shi.go.to.mo./ju.u.yo.u./da.ke.do./ke.n.ko.u.ga./i.chi.ba.n.da.yo.

□ 每天熬夜不健康喔。

毎日夜更かしするのは健康的ではないよ。

ma.i.ni.chi./yo.fu.ka.shi./su.ru.no.wa./ke.n.ko.u.te.ki./de.wa.na.i.yo.

□ 要改變生活型態才行。

ライフスタイルを変えないと。

ra.i.fu.su.ta.i.ru.o./ka.e.na.i.to.

□ 工作過度造成睡眠不足是不健康的。

働きすぎで寝不足は不健康だよ。

ha.ta.ra.ki.su.gi.de./ne.bu.so.ku.wa./fu.ke.n.ko.u.da.yo.

□ 過規律的生活盡量早點睡。

規則正しい生活をして早く寝るように
している。

ki.so.ku.ta.da.shi.i./se.i.ka.tsu.o./shi.te./ha.ya.
ku./ne.ru.yo.u.ni./shi.te./i.ru.

□ 吃得對，也做運動，很健康喔。

正しく食べて、運動もするから、とて
も健康だよ。

ta.da.shi.ku./ta.be.te./u.n.do.u.mo./su.ru./
ka.ra./to.te.mo./ke.n.ko.u.da.yo.

□ 健檢是下星期喔。

来週、健康診断だね。

ra.i.shu.u./ke.n.ko.u.shi.n.da.n.da.ne.

□ 公司有健康檢查嗎？

会社の健康診断ってあるの？

ka.i.sha.no./ke.n.ko.u.shi.n.da.n.tte./a.ru.no.

□ 健康檢查的結果如何？

健康診断はどうだった？

ke.n.ko.u.shi.n.da.n.wa./do.u./da.tta.

閲讀

□ 最近開始讀電子書。

最近電子書籍を読むようになった。

sa.i.ki.n./de.n.shi.sho.se.ki.o./yo.mu./yo.u.ni./na.tta.

□ 散文之類的通常是看電子書。

エッセイなどはデジタルで読むことが
多い。

e.sse.i./na.do.wa./de.ji.ta.ru.de./yo.mu./ko.to.ga./o.o.i.

□ 閱讀是我的興趣。

読書が趣味です。

do.ku.sho.ga./shu.mi.de.su.

□ 平常只看雜誌。

普段は雑誌しか読まないな。

fu.da.n.wa./za.sshi./shi.ka./yo.ma.na.i.na.

□ 喜歡推理小說。

推理小説が好きです。

su.i.ri.sho.u.se.tsu.ga./su.ki.de.su.

184

☐ 有空的話，就用智慧型手機看漫畫。

暇_{ひま}さえあれば、スマホでマンガを読_よんでる。

hi.ma./sa.e./a.re.ba./su.ma.ho.de./ma.n.ga.o./
yo.n.de.ru.

☐ 以前喜歡逛書店。

昔_{むかし}は書店_{しょてん}をぶらつくのが好_すきだった。

mu.ka.shi.wa./sho.te.n.o./bu.ra.tsu.ku./
no.ga./su.ki.da.tta.

☐ 把訂的報紙都停了。

取_とってる新聞_{しんぶん}を全部_{ぜんぶ}止_とめました。

to.tte.ru./shi.n.bu.n.o./ze.n.bu./to.me.ma.shi.
ta.

☐ 日本最受歡迎的作家是誰？

日本_{にほん}で一番人気_{いちばんにんき}の作家_{さっか}は誰_{だれ}ですか？

ni.ho.n.de./i.chi.ba.n./ni.n.ki.no./sa.kka.wa./
da.re.de.su.ka.

☐ 要學英文的話，你推薦哪本書？

英語_{えいご}を勉強_{べんきょう}するのにどの本_{ほん}がおすすめですか？

e.i.go.o./be.n.kyo.u./su.ru./no.ni./do.no./
ho.n.ga./o.su.su.me.de.su.ka.

戲劇

☐ 希望有天能去看百老匯音樂劇。

いつかブロードウェイのミュージカル
を見に行きたい。

i.tsu.ka./bu.ro.o.do.we.i.no./myu.u.ji.ka.ru.o./
mi.ni./i.ki.ta.i.

☐ 喜歡去劇場看音樂劇。

ミュージカルを劇場で見るのが好き。

myu.u.ji.ka.ru.o./ge.ki.jo.u.de./mi.ru.no.ga./
su.ki.

☐ 和父母去看歌舞伎。

両親と歌舞伎を見に行った。

ryo.u.shi.n.to./ka.bu.ki.o./mi.ni./i.tta.

☐ 是很精彩的秀。

とても素晴らしいショーでした。

to.te.mo./su.ba.ra.shi.i./sho.o.de.shi.ta.

☐ 去看搞笑藝人演出很開心。

お笑いライブを見に行くのは楽しい。

o.wa.ra.i./ra.i.bu.o./mi.ni./i.ku./no.wa./ta.no.
shi.i.

□ 現場還有票嗎？

とうじつけん
当日券はありますか？

to.u.ji.tsu.ke.n.wa./a.ri.ma.su.ka.

□ 喜歡戲劇。

しばい　す
お芝居が好きです。

o.shi.ba.i.ga./su.ki.de.su.

□ 第 1 次看日語的莎士比亞戲劇。

はじ　　　　　　　　　　　　げき　にほんご　み
初めてシェイクスピア劇を日本語で見

ました。

ha.ji.me.te./she.i.ku.su.pi.a.ge.ki.o./ni.ho.n.go.
de./mi.ma.shi.ta.

□ 最近看過電影嗎？

さいきんえいが　み
最近映画を見ましたか？

sa.i.ki.n./e.i.ga.o./mi.ma.shi.ta.ka.

□ 可以告訴我那電影的內容嗎？

えいが　　　　　　　　　おし
その映画について教えてくれない？

so.no./e.i.ga.ni./tsu.i.te./o.shi.e.te./ku.re.na.i.

□ 很喜歡看連續劇。

み　　　　　　だいす
ドラマを見るのが大好きです。

do.ra.ma.o./mi.ru./no.ga./da.i.su.ki.de.su.

音樂

☐ 有時候會去看演唱會。

時々ライブを見にいく。

to.ki.do.ki./ra.i.bu.o./mi.ni./i.ku.

☐ 很喜歡 KTV。

カラオケが好きです。

ka.ra.o.ke.ga./su.ki.de.su.

☐ 喜歡什麼樣的音樂？

どんな音楽が好きですか？

do.n.na./o.n.ga.ku.ga./su.ki.de.su.ka.

☐ 學生時代玩過樂團。

学生時代にバンドをやっていた。

ga.ku.se.i.ji.da.i.ni./ba.n.do.o./ta.tte./i.ta.

☐ 參加了業餘的管弦樂團。

アマチュアのオーケストラに参加して
るんだ。

a.ma.chu.a.no./o.o.ke.su.to.ra.ni./sa.n.ka./shi.
te.ru.n.da.

□ 以前常常聽 Mr.Children。

昔はミスチルをよく聴いてた。

mu.ka.shi.wa./mi.su.chi.ru.o./yo.ku./ki.i.te./i.ta.

□ 常常去夏日音樂祭喔。

夏の音楽フェスによく行くよ。

na.tsu.no./o.n.ga.ku.fe.su.ni./yo.ku./i.ku.yo.

□ 會彈什麼樂器？

何か楽器は弾ける？

na.ni.ka./ga.kki.wa./hi.ke.ru.

□ 雖然會彈吉他，但只是初級程度。

ギターを弾けるけど、初級レベルよ。

gi.ta.a.o./hi.ke.ru.ke.do./sho.kyu.u.re.be.ru.yo.

□ 會看樂譜。

楽譜は読めます。

ga.ku.fu.wa./yo.me.ma.su.

□ 我教你，並不難喔。

教えてあげる。難しくないよ。

o.shi.e.te./a.ge.ru./mu.zu.ka.shi.ku.na.i.yo.

美術藝文

□ 喜歡畫畫。

絵を描くのが好きです。

e.o./ka.ku./no.ga./su.ki.de.su.

□ 想成為圖像設計師。

グラフィックデザイナーを目指している。

gu.ra.fi.kku.de.za.i.na.a.o./me.za.shi.te./i.ru.

□ 用平板畫畫。

タブレットを使って絵を描く。

ta.bu.re.tto.o./tsu.ka.tte./e.o.ka.ku.

□ 曾學過素描。

デッサンを勉強したことがある。

de.ssa.n.o./be.n.kyo.u./shi.ta./ko.to.ga./a.ru.

□ 去了表參道上的藝廊。

表参道のギャラリーに行きました。

o.mo.te.sa.n.do.u.no./gya.ra.ri.i.ni./i.ki.ma.shi.ta.

□ 去了喜歡的繪本作家的展覽。

好きな絵本作家の展示会に行った。

su.ki.na./e.ho.n.sa.kka.no./te.n.ji.ka.i.ni./i.tta.

□ 對油畫有興趣。

油絵に興味がある。

a.bu.ra.e.ni./kyo.u.mi.ga./a.ru.

□ 喜歡去美術館。

美術館に行くのが好きです。

bi.ju.tsu.ka.n.ni./i.ku./no.ga./su.ki.de.su.

□ 喜歡近代藝術。

近代アートが好きです。

ki.n.da.i.a.a.to.ga./su.ki.de.su.

□ 喜歡什麼樣的畫？

どんな絵が好きですか？

do.n.na./e.ga./su.ki.de.su.ka.

□ 希望有天能看正的浮世繪。

いつか本物の浮世絵が見たい。

i.tsu.ka./ho.n.mo.no.no./u.ki.yo.e.ga./mi.ta.i.

191

攝影

□ 興趣是拍照。

趣味は写真を撮ることです。

shu.mi.wa./sha.shi.n.no./to.ru./ko.to.de.su.

□ 用單眼相機拍照。

一眼レフで写真を撮る。

i.chi.ga.n.re.fu.de./sha.shi.no./to.ru.

□ 把智慧型手機當成相機使用。

スマホをデジタルカメラとして使っています。

su.ma.ho.o./de.ji.ta.ru.ka.me.ra./to.shi.te./tsu.ka.tte./i.ma.su.

□ 把照片數位列印出來。

写真をデジタルプリントアウトした。

sha.shi.n.o./de.ji.ta.ru./pu.ri.n.to.a.u.to./shi.ta.

□ 用 photoshop 修改照片。

写真をフォトショップで加工した。

sha.shi.n.o./fo.to.sho.ppu.de./ka.ko.u./shi.ta.

□ 把用數位相機拍的照片當成電腦桌面背景。

デジカメで撮った写真をデスクトップ
の背景にした。

de.ji.ka.me.de./to.tta./sha.shi.n.o./de.su.
ku.to.ppu.no./ha.i.ke.i.ni./shi.ta.

□ 可以拍照嗎？

写真を撮ってもいいですか？

sha.shi.n.o./to.tte.mo./i.i.de.su.ka.

□ 可以幫我拍照嗎？

写真を撮っていただけませんか？

sha.shi.n.o./to.tte./i.ta.da.ke.ma.se.n.ka.

□ 要我幫你拍照嗎？

写真を撮ってあげましょうか？

sha.shi.n.o./to.tte./a.ge.ma.sho.u.ka.

□ 可以用閃光燈嗎？

フラッシュをたいても大丈夫ですか？

fu.ra.sshu.o./ta.i.te.mo./da.i.jo.u.bu.de.su.ka.

□ 這裡禁止拍照。

ここは撮影禁止です。

ko.ko.wa./sa.tsu.e.i.ki.n.shi.de.su.

學習

□ 下班後去上烹飪教室。

仕事帰りには料理教室に通っている。

shi.go.to.ga.e.ri.ni.wa./ryo.u.ri.kyo.u.shi.tsu.
ni./ka.yo.tte./i.ru.

□ 想學鋼琴。

ピアノを習いたいです。

pi.a.no.o./na.ra.i.ta.i.de.su.

□ 為了提升自我，想去學東西。

自分をワンランクアップするために習
い事に通ってみたい。

ji.bu.n.o./wa.n.ra.n.ku.a.ppu./su.ru./ta.me.ni./
na.ra.i.ko.to.ni./ka.yo.tte./mi.ta.i.

□ 正在學傳統舞蹈。

伝統舞踊を学んでいます。

de.n.to.u.bu.yo.u.o./ma.na.n.de./i.ma.su.

□ 補習班每個月要 5000 日圓。

教室の月謝は 5000 円です。

kyo.u.shi.tsu.no./ge.ssha.wa./go.se.n.e.n.de.
su.

194

□ 持續自學日語。

独学で日本語の勉強を続けている。

do.ku.ga.ku.de./ni.ho.n.go.no./be.n.kyo.u.o./
tsu.zu.ke.te./i.ru.

□ 在上演奏烏克麗麗的課程。

ウクレレを演奏するレッスンを取って
いる。

u.ku.re.re.o./e.n.so.u./su.ru./re.ssu.n.o./
to.tte.i.ru.

□ 進步的時候，心情很好。

上達したときは、気持ちがいい。

jo.u.ta.tsu./shi.ta./to.ki.wa./ki.mo.chi.ga./i.i.

□ 免費的教室，很容易偷懶不去上課。

無料の教室だとサボりがちです。

mu.ryo.u.no./kyo.u.shi.tsu.da.to./sa.bo.ri.ga.
chi.de.su.

□ 東學西學，結果每個都是半調子。

あれこれ学んできたけど、結局どれも
中途半端になってしまった。

a.re.ko.re./ma.na.n.de./ki.ta./ke.do./ke.kkyo.
ku./do.re.mo./chu.u.to.ha.n.pa.ni./na.tte./shi.
ma.tta.

興趣

□ 對了，你有空時都做些什麼呢？

ところで、暇な時は何をしていますか？

to.ko.ro.de./hi.ma.na./to.ki.wa./na.ni.o./shi.te./i.ma.su.ka.

□ 你的興趣是什麼？

趣味は何ですか？

shu.mi.wa./na.n.de.su.ka.

□ 現在有什麼熱衷的嗎？

今、はまっているものはある？

i.ma./ha.ma.tte./i.ru./mo.no.wa./a.ru.

□ 什麼是你生活的樂趣？

お楽しみは、何ですか？

o.ta.no.shi.mi.wa./na.n.de.su.ka.

□ 我們有相同的興趣呢。

私たちは、同じような趣味ですね。

wa.ta.shi.ta.chi.wa./o.na.ji.yo.u.na./shu.mi.de.su.ne.

☐ 開始打高爾夫球的契機是什麼？

ゴルフをやるようになったきっかけは
何ですか？

go.ru.fu.o./ya.ru./yo.u.ni./na.tta./ki.kka.
ke.wa./na.n.de.su.ka.

☐ 多久打一次棒球？

野球はどのくらい行くの？

ya.kyu.u.wa./do.no.ku.ra.i./i.ku.no.

☐ 我喜歡去露營。

キャンプをしに行くのが好きなんで
す。

kya.n.pu.o./shi.ni./i.ku.no.ga./su.ki.na.n.de.su.

☐ 迷上了看國外影集。

海外ドラマにはまっています。

ka.i.ga.i./do.ra.ma.ni./ha.ma.tte./i.ma.su.

☐ 我說過很喜歡音樂劇嗎？

私がミュージカルが大好きだって言っ
たっけ？

wa.ta.shi.wa./myu.ji.ka.ru.ga./da.i.su.ki.da.
tte./i.tta.kke.

197

宗教信仰

□ 你的宗教信仰是什麼。

あなたの 宗 教 は何ですか？

a.na.ta.no./shu.u.kyo.u.wa./na.n.de.su.ka.

□ 並沒有特定的宗教信仰。

特定の 宗 教 は信仰していません。

to.ku.te.i.no./shu.u.kyo.u.wa./shi.n.ko.u./shi.
te./i.ma.se.n.

□ 我對宗教沒興趣。

私 は、 宗 教 にあまり関心がない。

wa.ta.shi.wa./shu.u.kyo.u.ni./a.ma.ri./ka.n.shi.
n.ga./na.i.

□ 我是佛教徒。(神道信徒：神道信者；基督徒：
キリスト教徒)

私 は仏教徒です。

wa.ta.shi.wa./bu.kkyo.u.to.de.su.

□ 我是無神論者。

私 は無神論者です。

wa.ta.shi.wa./mu.shi.n.ro.n.ja.de.su.

☐ 毎週都上教堂。

きょうかい まいしゅう い
教会に毎週行ってる

kyo.u.ka.i.ni./ma.i.shu.u./i.tte.ru.

☐ 神社和寺廟有什麼不同？

じんじゃ　　てら ちが　　なん
神社とお寺の違いは何ですか？

ji.n.ja.to./o.te.ra.no./chi.ga.i.wa./na.n.de.
su.ka.

☐ 到神社首先要做的就是淨身。

じんじゃ　き さいしょ　　　　　　きよ
神社に来て最初にするのはお清め。

ji.n.ja.ni./ki.te./sa.i.sho.ni./su.ru./no.wa./o.ki.
yo.me.

☐ 常常去寺廟或神社参拝。

てら じんじゃ さんぱい い
よくお寺や神社に参拝しに行きます。

yo.ku./o.te.ra.ya./ji.n.ja.ni./sa.n.ba.i./shi.ni./
i.ki.ma.su.

☐ 給香油錢。

さいせんばこ　　かね　な
賽銭箱にお金を投げる。

sa.i.se.n.ba.ko.ni./o.ka.ne.o./na.ge.ru.

☐ 合十祈禱。

がっしょう　　　　　　いの
合掌してお祈りをする。

ga.ssho.u./shi.te./o.i.no.ri.o./su.ru.

博弈

MP3
099

□ 從沒玩過賽馬。

1度も競馬をしたことがない。

i.chi.do.mo./ke.i.ba.o./shi.ta./ko.to.ga./na.i.

□ 想去1次賭場看看。

カジノには1度行ってみたい。

ka.ji.no.ni.wa./i.chi.do./i.tte./mi.ta.i.

□ 都會買彩券。

宝くじをいつも購入する。

ta.ka.ra.ku.ji.o./i.tsu.mo./ko.u.nyu.u./su.ru.

□ 叔叔的興趣是柏青哥。

おじさんの趣味はパチンコです。

o.ji.sa.n.no./shu.mi.wa./pa.chi.n.ko.de.su.

□ 也有靠柏青哥生活的人呢。

パチンコで生活している人っているん
だね。

pa.chi.n.ko.de./se.i.ka.tsu./shi.te./i.ru./hi.to.
tte./i.ru.n.da.ne.

☐ 賽馬壓大冷門中了大獎。

競馬で大穴を当てた。

ke.i.ba.de./o.o.a.na.o./a.te.ta.

☐ 那比賽感覺有作假。

あのレースは八百長臭いです。

a.no./re.e.su.wa./ya.o.cho.u.ku.sa.i.de.su.

☐ 他好像開始玩賽艇。

彼は競艇を始めたらしい。

ka.re.wa./kyo.u.te.i.o./ha.ji.me.ta./ra.shi.i.

☐ 賭博輸掉了所有的錢。

ギャンブルで全てのお金を失った。

gya.n.bu.ru.de./su.be.te.no./o.ka.ne.o./u.shi.
na.tta.

☐ 運氣變差了。

運が悪くなってきた。

u.n.ga./wa.ru.ku./na.tte./ki.ta.

☐ 玩線上麻將遊戲。

オンラインで麻雀ゲームをする。

o.n.ra.i.n.de./ma.a.ja.n.ge.e.mu.o./su.ru.

「腳麻了」怎麼說？

你不能不學的
日語常用句

學校職場篇

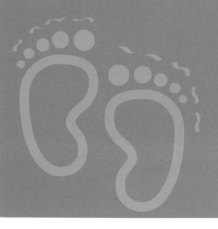

通勤

□ 他從名古屋花 2 小時通勤。

かれ なごや にじかん つうきん
彼は名古屋から 2 時間かけて通勤して
いる。

ka.re.wa./na.go.ya./ka.ra./ni.ji.ka.n./ka.ke.te./
tsu.u.ki.n./shi.te./i.ru.

□ 通勤途中常會聽音樂。

つうきんちゅう おんがく き
通勤中によく音楽を聴いている。

tsu.u.ki.n.chu.u.ni./yo.ku./o.n.ga.ku.o./ki.i.te./
i.ru.

□ 坐地下鐵通勤。

ちかてつ つうきん
地下鉄で通勤しています。

chi.ka.te.tsu.de./tsu.u.ki.n./shi.te./i.ma.su.

□ 早上也被站員推進車裡。

けさ えきいん お こ
今朝も駅員に押し込まれた。

ke.sa.mo./e.ki.i.n.ni./o.shi.ko.ma.re.ta.

□ 在客滿的電車裡被擠得不成人形。

まんいんでんしゃ
満員電車でもみくちゃにされた。

ma.n.i.n.de.n.sha.de./mo.mi.ku.cha.ni./sa.re.
ta.

☐ 因為緊急剎車，失去平衡。

急ブレーキでバランスを崩した。

kyu.u./bu.re.e.ki.de./ba.ra.n.su.o./ku.zu.shi.ta.

☐ 早上的電車讓人厭煩。

朝の電車って嫌になるわ。

a.sa.no./de.n.sha.tte./i.ya.ni./na.ru.wa.

☐ 真討厭長時間通勤。

通勤時間が長くて嫌だな。

tsu.u.ki.n.ji.ka.n.ga./na.ga.ku.te./i.ya.da.na.

☐ 通勤時間大約多久呢？

通勤時間はどれくらいですか？

tsu.u.ki.n.ji.ka.n.wa./do.re.ku.ra.i.de.su.ka.

☐ 每早去完健身房後才去上班。

毎朝、ジムに行ってから、出社する。

ma.i.a.sa./ji.mu.ni./i.tte./ka.ra./shu.ssha.su.ru.

☐ 開始騎自行車上下班。

自転車通勤を始めました。

ji.te.n.sha.tsu.u.ki.n.o./ha.ji.me.ma.shi.ta.

205

MP3
101

出勤狀況 （1）

□ 每週上班 5 天。
しゅういつかはたら
週 5 日 働く。

shu.u./i.tsu.ka./ha.ta.ra.ku.

□ 現在不是上班時間。
いま きんむじかんがい
今は勤務時間外だ。

i.ma.wa./ki.n.mu.ji.ka.n.ga.i.da.

□ 現在正在上班。
いま きんむちゅう
今は勤務中だ。

i.ma.wa./ki.n.mu.chu.u.da.

□ 上夜班。
やきん
夜勤をします。

ya.ki.n.o./shi.ma.su.

□ 是三班制的工作。
さんこうたいせい きんむ
3 交代制の勤務です。

sa.n.ko.u.ta.i.se.i.no./ki.n.mu.de.su.

☐ 週休 2 日。
週休 2 日です。
しゅうきゅうふつか

shu.u.kyu.u./fu.tsu.ka.de.su.

☐ 隔週休星期六。
土曜は隔週で休みです。
どよう　かくしゅう　やす

do.yo.u.wa./ka.ku.shu.u.de./ya.su.mi.de.su.

☐ 星期六上半天班。
土曜日は半日働く。
どようび　はんにちはたら

do.yo.u.bi.wa./ha.n.ni.chi./ha.ta.ra.ku.

☐ 事前提出請假單。
事前に休暇届を出した。
じぜん　きゅうかとどけ　だ

ji.ze.n.ni./kyu.u.ka.to.do.ke.o./da.shi.ta.

☐ 還有 7 天特休。
有給がまだ 7 日残っている。
ゆうきゅう　　　　なのかのこ

yu.u.kyu.u.ga./ma.da./na.no.ka./no.ko.tte./i.ru.

☐ 已經把特休用完了。
有給をもう使い切っちゃった。
ゆうきゅう　　　　つか　き

yu.u.kyu.u.o./mo.u./tsu.ka.i.ki.ccha.tta.

207

出勤狀況（2）

□ 今天早上請半天假。

今日午前半休を取った。

kyo.u./go.ze.n./ha.n.kyu.u.o./to.tta.

□ 排了假期補之前星期天上班。

この前の日曜出勤の代休を取った。

ko.no.ma.e.no./ni.chi.yo.u.shu.kki.n.no./
da.i.kyu.u.o./to.tta.

□ 週末也要上班。

週末も休日出勤する。

shu.u.ma.tsu.mo./kyu.u.ji.tsu.shu.kki.n./su.ru.

□ 打電話向公司請病假。

病欠の電話を会社に入れた。

byo.u.ke.tsu.no./de.n.wa.o./ka.i.sha.ni./i.re.ta.

□ 想利用暑期休假到國外旅行。

夏休みを利用して海外に旅行に行くつ
もりです。

na.tsu.ya.su.mi.o./ri.yo.u./shi.te./ka.i.ga.i.ni./
ryo.ko.u.ni./i.ku./tsu.mo.ri.de.su.

☐ 因為生病3個月沒上班。
　びょうき　さん　げつきゅうしょく
病気で3か月 休 職 した。

byo.u.ki.de./sa.n.ka.ge.tsu./kyu.u.sho.ku./shi.ta.

☐ 裝病請了假。
　けびょう　つか　　　　　　やす
仮病を使って、ズル休みした。

ke.byo.u.o./tsu.ka.tte./zu.ru.ya.su.mi./shi.ta.

☐ 無故不上班不太好。
　むだんけっきん
無断欠勤はよくないよ。

mu.da.n.ke.kki.n.wa./yo.ku.na.i.yo.

☐ 趁去外面工作的時候偷懶。
　そとまわ　ちゅう　しごと
外回り中に仕事をサボった。

so.to.ma.wa.ri.chu.u.ni./shi.go.to.o./sa.bo.tta.

☐ 太忙了沒辦法請假。
　いそが　　　　　やす　　と
忙 しくて休みが取れない。

i.so.ga.shi.ku.te./ya.su.mi.ga./to.re.na.i.

☐ 生病的時候請不要客氣就請假吧。
　びょうき　とき　えんりょ　　　やす　と
病気の時は遠慮なく休みを取りなさい。

byo.u.ki.no./to.ki.wa./e.n.ryo.na.ku./ya.su.mi.o./to.ri.na.sa.i.

工作內容

MP3
103

□ 為什麼會從事這份工作呢？

どうしてこの仕事をするようになった
のですか？

do.u.shi.te./ko.no./shi.go.to.o./su.ru./yo.u.ni./
na.tta.no./de.su.ka.

□ 在郵局工作。

郵便局に勤務しています。

yu.u.bi.n.kyo.ku.ni./ki.n.mu./shi.te./i.ma.su.

□ 從事不動產工作。

不動産業に従事しています。

fu.do.u.sa.n.gyo.u.ni./ju.u.ji./shi.te./i.ma.su.

□ 隸屬於開發團隊。

開発チームに所属しています。

ka.i.ha.tsu./chi.i.mu.ni./sho.zo.ku./shi.te./i.ma.
su.

□ 自己接案子工作。

フリーランスで働いています。

fu.ri.i.ra.n.su.de./ha.ta.ra.i.te./i.ma.su.

☐ 負責新人訓練。

新人研修を担当しています。

shi.n.ji.n.ke.n.shu.u.o./ta.n.to.u./shi.te./i.ma.
su.

☐ 從事這個職務必需擁有最新的知識。

この職務には最新の知識が絶対に必要

です。

ko.no./sho.ku.mu.ni.wa./sa.i.shi.n.no./chi.shi.
ki.ga./ze.tta.i.ni./hi.tsu.yo.u.de.su.

☐ 是管理職。

管理職です。

ka.n.ri.sho.ku.de.su.

☐ 想開始個人事業。

個人事業を始めたい。

ko.ji.n.ji.gyo.u.o./ha.ji.me.ta.i.

☐ 她不適合這個工作。

彼女はこの仕事に向いていない。

ka.no.jo.wa./ko.no.shi.go.to.ni./mu.i.te./i.na.i.

工作事項

□ 向課長提出了文件。

かちょう　しょるい　ていしゅつ
課長に書類を提出しました。

ka.cho.u.ni./sho.ru.i.o./te.i.shu.tsu./shi.ma.shi.ta.

□ 正在寫企畫。

きかくしょ　か
企画書を書いています。

ki.ka.ku.sho.o./ka.i.te./i.ma.su.

□ 估價單正在製作中。

みつもりしょ　ただいまさくせいちゅう
見積書は只今作成中です。

mi.tsu.mo.ri.sho.wa./ta.da.i.ma./sa.ku.se.i.chu.u.de.su.

□ 把文件收在這裡可以嗎？

しょるい
書類はここにしまっておけばよろしい

ですか？

sho.ru.i.wa./ko.ko.ni./shi.ma.tte./o.ke.ba./yo.ro.shi.i.de.su.ka.

□ 可以幫我把這個寄出嗎？

とうかん
これ、投函してくれませんか？

ko.re./to.u.ka.n./shi.te./ku.re.ma.se.n.ka.

212

□ 請在這裡蓋章。

はんこを押してください。

ha.n.ko.o./o.shi.te./ku.da.sa.i.

□ 結算交通費了嗎？

交通費は精算しましたか？

ko.u.tsu.u.hi.wa./se.i.sa.n./shi.ma.shi.ta.ka.

□ 有什麼事就馬上問喔。

何かあったらすぐ聞いてね。

na.ni.ka./a.tta.ra./su.gu./ki.i.te.ne.

□ 這個資料，拿去碎紙機處理。

この資料、シュレッダーにかけといて。

ko.no./shi.ryo.u./shu.re.dda.a.ni./ka.ke.to.i.te.

□ 這可以幫我印 20 份嗎？

これ、20 部コピーしてくれる？

ko.re./ni.ju.u.bu./ko.pi.i./shi.te./ku.re.ru.

□ 把問卷掃描後寄給部長。

アンケートをスキャンして部長にメールしてください。

a.n.ke.e.to.o./su.kya.n./shi.te./bu.cho.u.ni./me.e.ru./shi.te./ku.da.sa.i.

商用電話郵件

□ 這裡是鈴木商店，很高興為你服務。

こちらは鈴木商店でございます。ご
用件を 承 ります。

ko.chi.ra.wa./su.zu.ki.sho.u.te.n.de./go.za.
i.ma.su./go.yo.u.ke.n.no./u.ke.ta.ma.wa.ri.
ma.su.

□ 請問您的大名是？

どちらさまですか？

do.chi.ra.sa.ma.de.su.ka.

□ 我是鈴木商店的安田劍。

鈴木商店の安田剣と申します。

su.zu.ki.sho.u.te.n.no./ya.su.da.ke.n.to./
mo.u.shi.ma.su.

□ 請幫我轉接高山先生。

高山さんお願いします。

ta.ka.ya.ma.sa.n./o.ne.ga.i./shi.ma.su.

□ 我將幫你轉接人事部。

人事部におつなぎいたします。

ji.n.ji.bu.ni./o.tsu.na.gi./i.ta.shi.ma.su.

□ 把電話轉給負責人。
担当者に代わります。
ta.n.to.u.sha.ni./ka.wa.ri.ma.su.

□ 很抱歉，田中現在不在位子上。
申し訳ありません。田中は只今、席を
はずしております。
mo.u.shi.wa.ke./a.ri.ma.se.n./ta.na.ka.wa./
ta.da.i.ma./se.ki.o./ha.zu.shi.te./o.ri.ma.su.

□ 稍後立刻回電。
折り返しお電話いたします。
o.ri.ka.e.shi./o.de.n.wa./i.ta.shi.ma.su.

□ 需要幫您留言嗎？
ご伝言を 承 りましょうか？
go.de.n.go.n.o./u.ke.ta.ma.wa.ri.ma.sho.u.ka.

□ 負責接電話。
電話番をします。
de.n.wa.ba.n.o./shi.ma.su.

□ 打電話去催進貨了嗎？
納品の催促の電話をかけましたか？
no.u.hi.n.no./sa.i.so.ku.no./de.n.wa.o./ka.ke.
ma.shi.ta.ka.

商業交渉 (1)

□ 想問些關於貴公司商品的問題。

御社の商品についておうかがいいたします。

o.n.sha.no./sho.u.hi.n.ni./tsu.i.te./o.u.ka.ga.i./i.ta.shi.ma.su.

□ 寫此郵件是想詢問關於貴公司產品的幾個問題。

貴社の製品についていくつか質問をしたく、メールさせていただきました。

ki.sha.no./se.i.hi.n.ni.n./tsu.i.te./i.ku.tsu.ka./shi.tsu.mo.no.no./shi.ta.ku./me.e.ru./sa.se.te./i.ta.da.ki.ma.shi.ta.

□ 請幫我估價。/ 請你估價。

お見積りをお願いします。

o.mi.tsu.mo.ri.o./o.ne.ga.i./shi.ma.su.

□ 可以看樣品嗎?

見本を見せていただけますか?

mi.ho.no./mi.se.te./i.ta.da.ke.ma.su.ka.

216

☐ 這附上了產品的估價單。

せいひん　みつも　　てんぷ
製品の見積りを添付いたしました。

se.i.hi.n.no./mi.tsu.mo.ri.o./te.n.pu./i.ta.shi.
ma.shi.ta.

☐ 今天收到資料了。

ほんじつ　しりょう　う　と
本日、資料を受け取りました。

ho.n.ji.tsu./shi.ryo u.o./u.ke.to.ri.ma.shi.ta.

☐ 您需要的資料已經用電子郵件寄出。

ようぼう　しりょう　　　　　　　　　おく
ご要望の資料はすでにメールでお送り

しました。

go.yo.u.bo.u.no./shi.ryo.u.wa./su.de.ni./
me.e.ru.de./o.o.ku.ri./shi.ma.shi.ta.

☐ 有不明白的地方，請不要客氣請與敝公司聯絡。

ふめい　てん　　　　　　　　　　　　　　きがる
ご不明な点がございましたら、お気軽
とうしゃ　　　　れんらく
に当社にご連絡ください。

go.fu.me.i.na./te.n.ga./go.za.i.ma.shi.ta.ra./
o.ki.ga.ru.ni./to.u.sha.ni./go.re.n.ra.ku./ku.da.
sa.i.

☐ 等待您的回覆。

へんじ　　　　　ま
お返事をお待ちしております。

o.he.n.ji.o./o.ma.chi./shi.te./o.ri.ma.su.

商業交渉 (2)

MP3
107

☐ 感謝您的回覆。

お返事(へんじ)をいただきありがとうございました。

o.he.n.ji.o./i.ta.da.ki./a.ri.ga.to.u./go.za.i.ma.
shi.ta.

☐ 因為出差所以回信慢了，很抱歉。

出張(しゅっちょう)していたため返事(へんじ)が遅(おそ)くなって申(もう)し訳(わけ)ございません。

shu.ccho.u./shi.te./i.ta./ta.me./he.n.ji.ga./
o.so.ku.na.tte./mo.u.shi.wa.ke./go.za.i.ma.
se.n.

☐ 謝謝您快速地處理。

迅速(じんそく)なご対応(たいおう)をいただきどうもありがとうございました。

ji.n.so.ku.na./go.ta.i.o.u.o./i.ta.da.ki./do.u.mo./
a.ri.ga.o.u./go.za.i.ma.shi.ta.

☐ 請款單已經用電子郵件寄出了。

請求書(せいきゅうしょ)をメールでお送(おく)りしました。

se.i.kyu.u.sho.o./me.e.ru.de./o.o.ku.ri./shi.
ma.shi.ta.

□ 已確認您的付款，謝謝。

お支払いを確認しました。

o.shi.ha.ra.i.o./ka.ku.ni.n./shi.ma.shi.ta.

□ 特此通知已決定採用貴公司的提案。

貴社の提案を採用することをお知らせ

いたします。

ki.sha.no./te.i.a.no./sa.i.yo.u./su.ru./ko.to.o./
o.shi.ra.se./i.ta.shi.ma.su.

□ 很抱歉，原訂計畫有所變動。

残念ですが、予定に変更がありました。

za.n.ne.n.de.su.ga./yo.te.i.ni./he.n.ko.u.ga./
a.ri.ma.shi.ta.

□ 您訂購的產品現在沒有庫存。

ご注文いただいた製品は在庫がござい

ません。

go.chu.u.mo.n./i.ta.da.i.ta./sho.u.hi.n.wa./
za.i.ko.ga./go.za.i.ma.se.n.

□ 將取消下列訂單。

以下のオーダーをキャンセルいたしま

す。

i.ka.no./o.o.da.a.o./kya.n.se.ru./i.ta.shi.ma.su.

公司訪客

□ 請問您預約了嗎？

お約束はいただいておりますでしょうか？

o.ya.ku.so.ku.wa./i.ta.da.i.te./o.ri.ma.su./de.sho.u.ka.

□ 可否請您在這裡稍待？

こちらでお待ちいただけますか？

ko.chi.ra.de./o.ma.chi./i.ta.da.ke.ma.su.ka.

□ 李先生，讓您久等了。

リー様、お待ちしておりました。

ri.i.sa.ma./o.ma.chi./shi.te./o.ri.ma.shi.ta.

□ 田中立刻就會過來。

田中はすぐに参ります。

ta.na.ka.wa./su.gu.ni./ma.i.ri.ma.su.

□ 我帶您到會議室。

会議室へご案内いたします。

ka.i.gi.shi.tsu.e./go.a.n.na.i./i.ta.shi.ma.su.

□ 請坐。

どうぞおかけください。

do.u.zo./o.ka.ke./ku.da.sa.i.

□ 我去拿資料，馬上回來。

資料をお持ちします。すぐに戻って参
ります。

shi.ryo.u.o./o.mo.chi./shi.ma.su./su.gu.ni./
mo.do.tte./ma.i.ri.ma.su.

□ 請問您要喝點什麼？

何かお飲物をお持ちしましょうか？

na.ni.ka./o.no.mi.mo.no.o./o.mo.chi./shi.
ma.sho.u.ka.

□ 請問有何貴幹？

どういったご用件でしょうか？

do.u.i.tta./go.yo.u.ke.n./de.sho.u.ka.

□ 感謝您在百忙之中前來。

ご多忙のところお越しいただき、あり
がとうございました。

go.ta.bo.u.no./to.ko.ro./o.ko.shi./i.ta.da.ki./
a.ri.ga.to.u./go.za.i.ma.shi.ta.

接待來賓

□ 謝謝您遠道而來。

遠路をお越しいただき、ありがとうございます。

e.n.ro.o./o.ko.shi./i.ta.da.ki./a.ri.ga.to.u./go.za.i.ma.su.

□ 這位是李君，今天整天當您的翻譯。

こちらがリーです。今日1日、通訳を務めます。

ko.chi.ra.ga./ri.i.de.su./kyo.u./i.chi.ni.chi./tsu.u.ya.ku.o./tsu.to.me.ma.su.

□ 為您介紹公司內部。

社内をご案内いたします。

sha.na.i.o./go.a.n.na.i./i.ta.shi.ma.su.ga.

□ 停留期待有什麼特別想做的事嗎？

滞在中に、何か特になさりたいことはありますか？

ta.i.za.i.chu.u.ni./na.ni.ka./to.ku.ni./na.sa.ri.ta.i./ko.to.wa./a.ri.ma.su.ka.

□ 想邀請您參加公司的高爾夫球活動。

当社の開催するゴルフコンペにご
招待いたしたく存知ます。

to.u.sha.no./ka.i.sa.i./su.ru./go.ru.fu.ko.n.pe.
ni./go.sho.u.ta.i./i.ta.shi.ta.ku./zo.n.ji.ma.su.

- -

□ 今晚在外面用餐怎麼樣？

今夜、外で食事というのはいかがです
か。

ko.n.ya./so.to.de./sho.ku.ji.to.i.u./no.wa./i.ka.
ga.de.su.ka.

- -

□ 我送您到飯店。

ホテルまでお送りしましょう。

ho.te.ru./ma.de./o.o.ku.ri./shi.ma.sho.u.

- -

□ 因為怕塞車，我們早點去機場吧。

渋滞が心配ですので、早めに空港へ
行きましょう。

ju.u.ta.i.ga./shi.n.pa.i./de.su./no.de./ha.ya.
me.ni./ku.u.ko.u.e./i.ki.ma.sho.u.

- -

□ 下次在東京見。

今度は東京でお会いしましょう。

ko.n.do.wa./to.u.kyo.u.de./o.a.i./shi.ma.sho.u.

拜訪客戶

☐ 今天直接去客戶那裡。

今日（きょう）はお客様（きゃくさま）のところに直行（ちょっこう）します。

kyo.u.wa./o.kya.ku.sa.ma.no./to.ko.ro.ni./cho.
kko.u./shi.ma.su.

☐ 感謝您為我調整行程。

スケジュールを調整（ちょうせい）していただき、あ
りがとうございました。

su.ke.ju.u.ru.o./cho.u.se.i./shi.te./i.ta.da.ki./
a.ri.ga.to.u./go.za.i.ma.shi.ta.

☐ 想請問你下週何時有空，所以寄郵件給您。

来週（らいしゅう）のご都合（つごう）をうかがいたく、メール
させていただきました。

ra.i.shu.u.no./go.tsu.go.u.o./u.ka.ga.i.ta.ku./
me.e.ru./sa.se.te./i.ta.da.ki.ma.shi.ta.

☐ 還沒收到關於您行程的回覆。

ご都合（つごう）についてのお返事（へんじ）をまだ受け取（うと）
っていません。

go.tsu.go.u.ni./tsu.i.te.no./o.he.n.ji.o./ma.da./
u.ke.to.tte./i.ma.se.n.

224

□ 和田中先生約了4點。

田中様（たなかさま）と4時（よじ）にお約束（やくそく）があります。

ta.na.ka.sa.ma.to./yo.ji.ni./o.ya.ku.so.ku.ga./
a.ri.ma.su.

□ 謝謝您百忙之中抽空。

お忙（いそが）しい中（なか）、お時間（じかん）ありがとうございます。

o.i.so.ga.shi.i.na.ka./o.ji.ka.n./a.ri.ga.to.u./
go.za.i.ma.su.

□ 3點前會回去。

3時（さんじ）までに戻（もど）ります。

sa.n.ji./ma.de.ni./mo.do.ri.ma.su.

□ 外出後不回公司了。

外出（がいしゅつ）してそのまま帰（かえ）ります。

ga.i.shu.tsu./shi.te./so.no.ma.ma./ka.e.ri.
ma.su.

□ 現在要回公司了。

これから帰社（きしゃ）します。

ko.re.ka.ra./ki.sha./shi.ma.su.

開會

□ 明天的會議，請營業部全體參加吧。

明日_{あした}のミーティングには、営業部全員_{えいぎょうぶぜんいん}を出席_{しゅっせき}させましょう。

a.shi.ta.no./mi.i.ti.n.gu.ni.wa./e.i.gyo.u.bu./
ze.n.i.n.o./shu.sse.ki./sa.se.ma.sho.u.

□ 會議延後 1 週。

会議_{かいぎ}は 1 週間延期_{いっしゅうかんえんき}されました。

ka.i.gi.wa./i.sshu.u.ka.n./e.n.ki./sa.re.ma.shi.
ta.

□ 那麼現在開始會議。

それではミーティングを始_{はじ}めたいと思_{おも}います。

so.re.de.wa./mi.i.ti.n.gu.o./ha.ji.me.ta.i.to./
o.mo.i.ma.su.

□ 今天開會目的是討論預算案最終版本。

今日集_{きょうあつ}まったのは、最終予算案_{さいしゅうよさんあん}を検討_{けんとう}するためです。

kyo.u./a.tsu.ma.tta./no.wa./sa.i.shu.u.yo.
sa.n.a.n.o./ke.n.to.u./su.ru./ta.me.de.su.

□ 我想提解決方案。

解決策を提案したいのですが。
<ruby>解決策<rt>かいけつさく</rt></ruby>を<ruby>提案<rt>ていあん</rt></ruby>したいのですが。

ka.i.ke.tsu.sa.ku.o./te.i.a.n./shi.ta.i.no./de.su.
ga.

□ 可以解釋清楚一點嗎？

もう<ruby>少<rt>すこ</rt></ruby>し<ruby>詳<rt>くわ</rt></ruby>しく<ruby>話<rt>はな</rt></ruby>してくれますか？

mo.u./su.ko.shi./ku.wa.shi.ku./ha.na.shi.te./
ku.re.ma.su.ka.

□ 能有這樣的意見真是幫了我大忙。

そういった<ruby>意見<rt>いけん</rt></ruby>を<ruby>出<rt>だ</rt></ruby>してくれると<ruby>助<rt>たす</rt></ruby>か
ります。

so.u./i.tta./i.ke.no./da.shi.te./ku.re.ru.to./
ta.su.ka.ri.ma.su.

□ 關於這個，大家都贊成。

これについては<ruby>皆<rt>みな</rt></ruby>さんは<ruby>賛成<rt>さんせい</rt></ruby>ですね。

ko.re.ni./tsu.i.te.wa./mi.na.sa.n.wa./sa.n.se.
i.de.su.ne.

□ 如果沒有其他人要發言的話，那麼會議就結束。

もし<ruby>他<rt>ほか</rt></ruby>に<ruby>発言<rt>はつげん</rt></ruby>されたい<ruby>方<rt>かた</rt></ruby>がいなけれ
ば、ミーティングを<ruby>終了<rt>しゅうりょう</rt></ruby>いたします。

mo.shi./ho.ka.ni./ha.tsu.ge.n./sa.re.ta.i./ka.ta.
ga./i.na.ke.re.ba./mi.i.ti.n.gu.o./shu.u.ryo.u./
i.ta.shi.ma.su.

工作進度

MP3 112

□ 想弄清楚產品發售為止的日程安排。

製品発売までのスケジュールをはっきりさせたいと思います。

se.i.hi.n.ha.tsu.ba.i./ma.de.no./su.ke.ju.u.ru.o./ha.kki.ri./sa.se.ta.i.to./o.mo.i.ma.su.

□ 如果想改變計畫的話請告訴我。

予定を変更したい場合は教えてください。

yo.te.i.o./he.n.ko.u./shi.ta.i./ba.a.i.wa./o.shi.e.te./ku.da.sa.i.

□ 訂下了報告計畫進度的日程。

プロジェクトの進捗状況を報告する日程を設定した。

pu.ro.je.ku.to.no./shi.n.cho.ku.jo.u.kyo.u.o./ho.u.ko.ku./su.ru./ni.tte.i.o./se.tte.i./shi.ta.

□ 目前依預定進度進行著。

今のところ予定通りに進んでいます。

i.ma.no./to.ko.ro./yo.te.i.do.o.ri.ni./su.su.n.de./i.ma.su.

☐ 需要隔週檢討 1 次進度。

進捗状況を隔週で検討する必要
がある。

shi.n.cho.ku.jo.u.kyo.u.o./ka.ku.shu.u.de./
ke.n.to.u./su.ru./hi.tsu.yo.u.ga./a.ru.

☐ 還有 5 天就是截止日 (期限)。

あと 5 日で締め切りです。

a.to./i.tsu.ka.de./shi.me.ki.ri.de.su.

☐ 雖然有些問題，但計畫還是持續進行著。

多少の問題はあるものの、プロジェク
トは進んでいます。

ta.sho.u.no./mo.n.da.i.wa./a.ru./mo.no.no./
pu.ro.je.ku.to.wa./su.su.n.de./i.ma.su.

☐ 情況很吃緊。

厳しい状況です。

ki.bi.shi.i./jo.u.kyo.u.de.su.

☐ 大約落後 3 天。

3 日ほど遅れています。

mi.kka./ho.do./o.ku.re.te./i.ma.su.

任職狀況

□ 提出了調職申請。

いどうねがい　だ
異動願を出した。

i.do.u.ne.ga.i.o./da.shi.ta.

□ 從本週開始換部門。

こんしゅう　　　　はいぞくさき　か
今週から配属先が変わりました。

ko.n.shu.u./ka.ra./ha.i.zo.ku.sa.ki.ga./ka.wa.
ri.ma.shi.ta.

□ 決定換工作。

てんしょく
転職することにした。

te.n.sho.ku./su.ru./ko.to.ni./shi.ta.

□ 曾經被挖角。

ヘッドハンティングされたことがある。

he.ddo.ha.n.ti.n.gu./sa.re.ta./ko.to.ga./a.ru.

□ 一直當派遣員工。

はけんしゃいん　　　　　　はたら
ずっと派遣社員として働いている。

zu.tto./ha.ke.n.sha.i.n./to.shi.te./ha.ta.ra.i.te./
i.ru.

□ 從下個月開始調到大阪工作。

来月から大阪勤務です。

ra.i.ge.tsu./ka.ra./o.o.sa.ka./ki.n.mu.de.su.

□ 申請 3 月離職。

３月に退社を希望します。

sa.n.ga.tsu.ni./ta.i.sha.o./ki.bo.u./shi.ma.su.

□ 他決定要退休。

彼は引退を決めた。

ka.re.wa./i.n.ta.i.o./ki.me.ta.

□ 她選擇提早退休。

彼女は早期退職を選んだ。

ka.no.jo.wa./so.u.ki.ta.i.sho.ku.o./e.ra.n.da.

□ 我提出了辭呈。

私は辞表を出した。

wa.ta.shi.wa./ji.hyo.u.o./da.shi.ta.

□ 今年打算退休。

今年定年退職する予定です。

ko.to.shi./te.i.ne.n.ta.i.sho.ku./su.ru./yo.te.i.de.su.

薪資

□ 今天是發薪日。

今日は給料日だ。
きょう　きゅうりょうび

kyo.u.wa./kyu.u.ry.u.bi.da.

□ 薪水實拿是 30 萬。

給料は手取りで３０万円だ。
きゅうりょう　て ど　さんじゅうまんえん

kyu.u.ryo.u.wa./te.do.ri.de./sa.n.ju.u.ma.
n.e.n.da.

□ 拿不錯的薪水。

いい給料をもらっている。
きゅうりょう

i.i.kyu.u.ryo.u.o./mo.ra.tte./i.ru.

□ 薪水少生活很苦。

給料が安くて生活が苦しい。
きゅうりょう　やす　せいかつ　くる

kyu.u.ryo.u.ga./ya.su.ku.te./se.i.ka.tsu.ga./
ku.ru.shi.i.

□ 現在的工作是抽成的，沒有獎金也沒有保險。

今の仕事は歩合制で、ボーナスや保険
いま　しごと　ぶあいせい　ほけん

もありません。

i.ma.no./shi.go.to.wa./bu.a.i.se.i.de./bo.o.na.
su.ya./ho.ke.n.mo./a.ri.ma.se.n.

232

□ 薪水調漲了。

給料が上がった。
きゅうりょう あ

kyu.u.ryo.u.ga./a.ga.tta.

□ 薪水一直被調降。

給料がどんどんカットされた。
きゅうりょう

kyu.u.ryo.u.ga./do.n.do.n./ka.tto./sa.re.ta.

□ 和以前比，薪水變少了。

昔と比べて給料は下がっている。
むかし くら きゅうりょう さ

mu.ka.shi.to./ku.ra.be.te./kyu.u.ryo.u.wa./
sa.ga.tte./i.ru.

□ 通勤的交通費是申報制。

通勤手当は申告制です。
つうきんてあて しんこくせい

tsu.u.ki.n.te.a.te.wa./shi.n.ko.ku.se.i.

□ 被扣了保險費。

保険料などが天引きされていた。
ほけんりょう てんび

ho.ke.n.ryo.u./na.do.ga./te.n.bi.ki./sa.re.te./
i.ta.

□ 這個月有很多加班費。

今月は残業代が多い。
こんげつ ざんぎょうだい おお

ko.n.ge.tsu.wa./za.n.gyo.u.da.i.ga./o.o.i.

找工作

☐ 要上研究所還是去工作，還沒決定。

大学院へ行くか、就職するかまだ決めていません。

da.i.ga.ku.i.n.e./i.ku.ka./shu.u.sho.ku./su.ru.ka./ma.da./ki.me.te./i.ma.se.n.

☐ 看求職雜誌找打工機會。

求人誌を見てバイトを探しています。

kyu.u.ji.n.shi.o./mi.te./ba.i.to.o./sa.ga.shi.te./i.ma.su.

☐ 開始找工作了。

就職活動を始めた。

shu.u.sho.ku.ka.tsu.do.u.o./ha.ji.me.ta.

☐ 正在考慮換工作。

転職を考えている。

te.n.sho.ku.o./ka.n.ga.e.te./i.ru.

☐ 要不要去職業介紹所試試？

ハローワークに行ってみない？

ha.ro.o.wa.a.ku.ni./i.tte./mi.na.i.

234

□ 那家企業，我也應徵了。

あの企業、私もエントリーした。
きぎょう わたし

a.no./ki.gyo.u./wa.ta.shi.mo./e.n.to.ri.i./shi.ta.

□ 面試的時候，超級緊張。

面接のとき、ものすごく緊張した。
めんせつ きんちょう

me.n.se.tsu.no./to.ki./mo.no./su.go.ku.ki.
n.cho.u./shi.ta.

□ 在找待遇更好的工作。

もっと給料のいい仕事を探している。
きゅうりょう しごと さが

mo.tto./kyu.u.ryo.u.no./i.i./shi.go.to.o./sa.ga.
shi.te./i.ru.

□ 收到了不錄用通知，意志消沉。

不採用通知が来て落ち込んでいる。
ふさいようつうち き お こ

fu.sa.i.yo.u.tsu.u.chi.ga./ki.te./o.chi.ko.n.de./
i.ru.

□ 在書面審核階段就被刷掉了。

書類選考で落とされた。
しょるいせんこう お

sho.ru.i.se.n.ko.u.de./o.to.sa.re.ta.

□ 得到那間公司的錄用。

その会社に内定をもらった。
かいしゃ ないてい

so.no./ka.i.sha.ni./na.i.te.i.o./mo.ra.tta.

職場問題

□ 被部長欺負。

部長にいじめられている。

bu.cho.u.ni./i.ji.me.ra.re.te./i.ru.

□ 不要對新人進行恫嚇。

新人をいびるのは止めてください。

shi.n.ji.no./i.bi.ru.no.wa./ya.me.te./ku.da.sa.i.

□ 道人長短。

うわさ話をする。

u.wa.sa.ba.na.shi.o./su.ru.

□ 他老是說上司的壞話。

彼はいつも上司の悪口を言ってる。

ka.re.wa./i.tsu.mo./jo.u.shi.no./wa.ru.gu.chi.
o./i.tte./i.ru.

□ 分派系不好喔。

派閥を作るのはよくないよ。

ha.ba.tsu.o./tsu.ku.ru./no.wa./yo.ku.na.i.yo.

□ 被上司濫用職權欺負。

上司からパワハラを受けている。

jo.u.shi./ka.ra./pa.wa.ha.ra.o./u.ke.te./i.ru.

□ 因為不景氣被裁員了。

不況でリストラされた。

fu.kyo.u.de./ri.su.to.ra./sa.re.ta.

□ 失去對工作的熱情。

仕事への情熱を失った。

shi.go.to.e.no./jo.u.ne.tsu.o./u.shi.na.tta.

□ 被敵對的公司搶走客戶。

ライバル会社にお客様を取られた。

ra.i.ba.ru.ga.i.sha.ni./o.kya.ku.sa.ma.o./to.ra.
re.ta.

□ 累積了很多壓力。

ストレスが溜まっちゃった。

su.to.re.su.ga./ta.ma.ccha.tta.

□ 出了錯被罰寫悔過書。

ミスをして始末書を書かされた。

mi.su.o./shi.te./shi.ma.tsu.sho.o./ka.ka.sa.re.
ta.

237

人際關係

□ 我的公司前後輩階級很嚴格。

うちの会社は上下関係が厳しい。

u.chi.no./ka.i.sha.wa./jo.u.ge.ka.n.ke.i.ga./
ki.bi.shi.i.

□ 氣氛總是很緊繃。

いつもピリピリしている。

i.tsu.mo./pi.ri.pi.ri./shi.te./i.ru.

□ 是風氣很自由的公司。

自由な雰囲気の会社だ。

ji.yu.u.na./fu.n.i.ki.no./ka.i.sha.da.

□ 為了和同事之間的人際關係所苦。

同僚との人間関係で悩んでいる。

do.u.ryo.u.to.no./ni.n.ge.n.ka.n.ke.i.de./na.ya.
n.de./i.ru.

□ 一邊看社長臉色一邊工作。

社長の顔色をうかがいながら仕事を
している。

sha.cho.u.no./ka.o.i.ro.o./u.ka.ga.i./na.ga.ra./
shi.go.to.o./shi.te./i.ru.

238

□ 總是被上司罵。

いつも上司に怒られる。

i.tsu.mo./jo.u.shi.ni./o.ko.ra.re.ru.

□ 同期的大家感情都很好。

同期は皆仲がいい。

do.u.ki.wa./mi.na./na.ka.ga./i.i.

□ 很尊敬前輩。

先輩を尊敬している。

se.n.pa.i.o./so.n.ke.i./shi.te./i.ru.

□ 很幸運遇到很棒的同事。

素晴らしい同僚に恵まれている。

su.ba.ra.shi.i./do.u.ryo.u.ni./me.gu.ma.re.te./i.ru.

□ 新人和同事不太能打成一片。

新人は同僚となかなか打ち解けない。

shi.n.ji.n.wa./do.u.ryo.u.to./na.ka.na.ka./u.chi.to.ke.na.i.

□ 照顧年輕人。

若手の面倒を見る。

wa.ka.te.no./me.n.do.u.o./mi.ru.

友情

☐ 她是我的好朋友。

かのじょ わたし しんゆう
彼女は私の親友よ。

ka.no.jo.wa./wa.ta.shi.no./shi.n.yu.u.yo.

- -

☐ 我們從相識以來就一拍即合。

わたし で あ いきとうごう
私たちは出会ってすぐに意気投合しま

した。

wa.ta.shi.ta.chi.wa./de.a.tte./su.gu.ni./i.ki.
to.u.go.u./shi.ma.shi.ta.

- -

☐ 和他的友情比什麼都重要。

かれ ゆうじょう なに たいせつ
彼との友情は何よりも大切です。

ka.re.to.no./yu.u.jo.u.wa./na.ni./yo.ri.mo./
ta.i.se.tsu.de.su.

- -

☐ 和他是從以前就認識的老朋友。

かれ むかし し あ
彼とは昔からの知り合いです。

ka.re.to.wa./mu.ka.shi./ka.ra.no./shi.ri.a.i.de.
su.

- -

☐ 我們是心靈伴侶。

わたし
私たちはソウルメイトです。

wa.ta.shi.ta.chi.wa./so.u.ru.me.i.to.de.su.

□ 我會一直站在你這邊唷。

私 はいつもあなたの味方だよ。

wa.ta.shi.wa./i.tsu.mo./a.na.ta.no./mi.ka.ta.da.yo.

□ 他們有很深的情誼。

彼らには強い絆があります。

ka.re.ra.ni.wa./tsu.yo.i./ki.zu.na.ga./a.ri.ma.su.

□ 和她只是單純的點頭之交。

彼女は単なる知り合いです。

ka.no.jo.wa./ta.n.na.ru./shi.ri.a.ri.de.su.

□ 他們之前已超越單純商業伙伴的關係。

彼らの関係は単なるビジネス上の関係
を越えています。

ka.re.ra.no./ka.n.ke.i.wa./ta.n.na.ru./bi.ji.ne.su.jo.u.no./ka.n.ke.i.o./ko.e.te./i.ma.su.

□ 他和她之間的關係有了裂痕。

彼と彼女の関係に亀裂が生じました。

ka.re.to./ka.no.jo.no./ka.n.ke.i.ni./ki.re.tsu.ga./sho.u.ji.ma.shi.ta.

241

抱怨工作

☐ 每天都做相同的事啊。

毎日同じことの繰り返しなんだ。

ma.i.ni.chi./o.na.ji./ko.to.no./ku.ri.ka.e.shi./
na.n.da.

☐ 都在免費加班真的太糟了。

サービス残業ばかりで最悪だ。

sa.a.bi.su./za.n.gyo.u./ba.ka.ri.de./sa.i.a.ku.da.

☐ 幾乎每天都加班，身體負荷不了啊。

連日のように残業じゃあ、体がもた

ないよ。

re.n.ji.tsu.no./yo.u.ni./za.n.gyo.u./ja.a./ka.ra.
da.ga./mo.ta.na.i.yo.

☐ 老是無法升遷。

なかなか出世できなくて…。

na.ka.na.ka./shu.sse./de.ki.na.ku.te.

☐ 希望能被託付更多工作啊。

もっと仕事を任せてもらいたいな。

mo.tto./shi.go.to.o./ma.ka.se.te./mo.ra.i.ta.
i.na.

☐ 前途一片黑暗啊。

しょうらいま　くら
将来真っ暗よ。

sho.u.ra.i./ma.kku.ra.yo.

- -

☐ 熬夜工作，結果弄了身體。

てつや　しごと　　　　　　　　　　は　　からだ
徹夜で仕事をし、あげくの果てに体を
こわ
壊した。

te.tsu ya.de./shi.go.to./o.shi./a.ge.ku.no./
ha.te.ni./ka.ra.da.o./ko.wa.shi.ta.

- -

☐ 為人著想是很辛苦。

き　くば　　　　　　　たいへん
気を配るのは大変だ。

ki.o./ku.ba.ru./no.wa./ta.i.he.n.da.

- -

☐ 今天又要接待客戶啊…。總覺得心情沉重啊。

こんや　　せったい　　　　き　おも
今夜も接待か。気が重いなあ。

ko.n.ya.mo./se.tta.i.ka./ki.ga./o.mo.i.na.a.

- -

☐ 不知為何提不起勁工作。

しごと　　きあい　はい
なぜか仕事に気合が入らない。

na.ze.ka./shi.go.to.ni./ki.a.i.ga./ha.i.ra.n.ai.

- -

☐ 上司講話的方法讓人火大。

じょうし　はな　かた　　はら　た
上司の話し方に腹が立つ。

jo.u.shi.no./ha.na.shi.ka.ta.ni./ha.ra.ga./ta.tsu.

243

上學

MP3
119

□ 明年要上大學了。

らいねんだいがくせい
来年大学生になります。

ra.i.ne.n./da.i.ga.ku.se.i.ni./na.ri.ma.su.

□ 念哪間學校？

がっこう
学校はどちらですか？

ga.kko.u.wa./do.chi.ra./de.su.ka.

□ 現在念哪間大學呢？

だいがく い
どちらの大学へ行ってるんですか？

do.chi.ra.no./da.i.ga.ku.e./i.tte./ru.n.de.su.ka.

□ 我馬上就要升上 3 年級了。

わたし さんねんせい
私 は、もうすぐ 3 年生です。

wa.ta.shi.wa./mo.u.su.gu./sa.n.ne.n.se.i.de.su.

□ 我的學校禁止學生考駕照。

わたし がっこう めんきょ と きんし
私 の学校は免許を取るのを禁止してい

る。

wa.ta.shi.no./ga.kko.u.wa./me.n.kyo.o./
to.ru./no.o./ki.n.shi./shi.te./i.ru.

☐ 這是今天轉學來的李君。

今日から転校してきたリーです。

kyo.u./ka.ra./te.n.ko.u./shi.te./ki.ta./ri.i.de.su.

☐ 現在正在美國留學。

今アメリカに留学中です。

i.ma./a.me.ri.ka.ni./ry.u.ga.ku.chu.u.de.su.

☐ 上私立的中學。

私立の中学校に通っている。

shi.ri.tsu.no./chu.u.ga.kko.u.ni./ka.yo.tte./i.ru.

☐ 1天也不休息地去上學。

1日も休まず学校に行く。

i.chi.ni.chi.mo./ya.su.ma.zu./ga.kko.u.ni./i.ku.

☐ 他是模範生。

彼は優等生です。

ka.re.wa./yu.u.to.u.se.i.de.su.

☐ 現在是女高中生。

現役女子高生です。

ge.n.e.ki.jo.shi.ko.u.se.i.de.su.

主修、研究

MP3 120

□ 大學時主修什麼？

大学での専攻は何でしたか？

da.i.ga.ku.de.no./se.n.ko.u.wa./na.n.de.shi.ta.ka.

□ 大學時學的是政治。

大学で政治学を学んだ。

da.i.ga.ku.de./se.i.ji.ga.ku.o./ma.na.n.da.

□ 主修政治。

政治を専攻しています。

se.i.ji.o./se.n.ko.u./shi.te./i.ma.su.

□ 她在研究江戶時代的文化。

彼女は江戸時代の文化を研究している。

ka.no.jo.wa./e.do.ji.da.i.no./bu.n.ka.o./ke.n.kyu.u./shi.te./i.ru.

□ 我們徹夜進行了實驗。

私たちは夜通し実験を行った。

wa.ta.shi.ta.chi.wa./yo.do.o.shi./ji.kke.n.o./o.ko.na.tta.

□ 我的主修是經營學。

私の専攻は経営学です。

wa.ta.shi.no./se.n.ko.u.wa./ke.i.e.i.ga.ku.de.
su.

□ 她在大學學經濟。

彼女は大学で経済を勉強している。

ka.no.jo.wa./da.i.ga.ku.de./ke.i.za.i.o./
be.n.kyo.u./shi.te./i.ru.

□ 把一生都奉獻給科學研究。

科学の研究に一生を捧げてきた。

ka.ga.ku.no./ke.n.kyu.u.ni./i.ssho.u.o./sa.sa.
ge.te./ki.ta.

□ 我為了研究莎士比亞而去了英國。

私はシェイクスピア研究のためイギ
リスへ行った。

wa.ta.shi.wa./she.i.ku.su.pi.a./ke.n.kyu.u.no./
ta.me./i.gi.ri.su.e./i.tta.

□ 正在寫建築學的論文。

建築学の論文を書いている。

ke.n.chi.ku.ga.ku.no./ro.n.bu.n.o./ka.i.te./i.ru.

上課

□ 第 3 堂課是數學。

３時限目に数学があります。
さんじげんめ　すうがく

sa.n.ji.ge.n.me.ni./su.u.ga.ku.ga./a.ri.ma.su.

□ 請抄筆記。

メモを取りなさい。
と

me.mo.o./to.ri.na.sa.i.

□ 請和隔壁的人 2 人一組。

隣 の人とペアワークをしてください。
となり　ひと

to.na.ri.no./hi.to.to./pe.a.wa.a.ku.o./shi.te./
ku.da.sa.i.

□ 這裡請畫線。

ここに線を引いてください。
せん　ひ

ko.ko.ni./se.n.o./hi.i.te./ku.da.sa.i.

□ 上課中請安靜。

授 業 中 は静かにしてください。
じゅぎょうちゅう　しず

ju.gyo.u.chu.u.wa./shi.zu.ka.ni./shi.te./ku.da.
sa.i.

□ 現在要發講義。

これからプリントを配ります。

ko.re.ka.ra./pu.ri.n.to.o./ku.ba.ri.ma.su.

- -

□ 都拿到講義了嗎？

プリントは行き届きましたか？

pu.ri.n.to.wa./i.ki.to.do.ki.ma.shi.ta.ka.

- -

□ 再讓我聽一次。/ 再讓我問一次。

もう一度聞かせてください。

mo.u./i.chi.do./ki.ka.se.te./ku.da.sa.i.

- -

□ 今天學的地方記得要復習。

今日勉強したところを復習しておい

てください。

kyo.u./be.n.kyo.u./shi.ta./to.ko.ro.o./fu.ku.
shu.u./shi.te./o.i.te./ku.da.sa.i.

- -

□ 在老師點名前沒進到教室的話，就拿不到學分。

先生が出欠を取る前に教室に入って

ないと落単です。

se.n.se.i.ga./shu.kke.tsu.o./to.ru./ma.e.ni./
kyo.u.shi.tsu.ni./ha.i.tte./na.i.to./o.chi.ta.n.de.
su.

上課發問

□ 有問題要問嗎？

何か質問はありますか？

na.ni.ka./shi.tsu.mo.n.wa./a.ri.ma.su.ka.

□ 想問問題的人請舉手。

質問がある人は手を上げてください。

shi.tsu.mo.n.ga./a.ru./hi.to.wa./te.o./a.ge.te./
ku.da.sa.i.

□ 關於我的說明有不懂的地方嗎？

**私の説明でわからないところはありま
せんか？**

wa.ta.shi.no./se.tsu.me.i.de./wa.ka.ra.na.i./
to.ko.ro.wa./a.ri.ma.se.n.ka.

□ 有問題的話別客氣盡量問。

質問があったら遠慮なくどうぞ。

shi.tsu.mo.n.ga./a.tta.ra./e.n.ryo.na.ku./
do.u.zo.

□ 大家都理解了嗎？

皆さん、理解できましたか？

mi.na.sa.n./ri.ka.i./de.ki.ma.shi.ta.ka.

☐ 理解我說什麼嗎？

言っていることが理解できますか？

i.tte./i.ru./ko.to.ga./ri.ka.i./de.ki.ma.su.ka.

☐ 那是什麼意思呢？

それはどういう意味ですか？

so.re.wa./do.u.i.u./i.mi.de.su.ka.

☐ 我有問題要問。

質問があります。

shi.tsu.mo.n.ga./a.ri.ma.su.

☐ 沒有問題了。

これ以上質問はありません。

ko.re./i.jo.u./shi.tsu.mo.n.wa./a.ri.ma.se.n.

☐ 請再 (說)1 次。

もう1度お願いします。

mo.u./i.chi.do./o.ne.ga.i./shi.ma.su.

☐ 可以請你再說明 1 次嗎？

もう1度説明していただけますか？

mo.u./i.chi.do./se.tsu.me.i./shi.te./i.ta.da.ke.
ma.su.ka.

作業

MP3
123

□ 別忘了復習第 30 頁。

３０ページを復習することを忘れないように。

sa.n.ju.ppe.e.ji.o./fu.ku.shu.u./su.ru./ko.to.o./wa.su.re.na.i./yo.u.ni.

□ 請先預習第 2 章。

第 2 章を予習しておいてください。

da.i.ni.sho.u.o./yo.shu.u./shi.te./o.i.te./ku.da.sa.i.

□ 請把單字背好。

単語を暗記しておいてください。

ta.n.go.o./a.n.ki./shi.te./o.i.te./ku.da.sa.i.

□ 今天有很多回家作業。

今日は宿題がたくさんあります。

kyo.u.wa./shu.ku.da.i.ga./ta.ku.sa.n./a.ri.ma.su.

□ 今天不出回家作業。

今日は宿題は出しません。

kyo.u.wa./shu.ku.da.i.wa./da.shi.ma.se.n.

□ 這個問題就當回家作業。

この問題は宿題にします。
もんだい　しゅくだい

ko.no./mo.n.da.i.wa./shu.ku.da.i.ni./shi.ma.su.

□ 請完成第 3 課的題目。

第3課の問題をやっといてください。
だいさんか　もんだい

da.i.sa.n.ka.no./mo.n.da.i.o./ya to.i.te./ku.da.
sa.i.

□ 不可以抄朋友的作業。

友達の宿題を写してはいけません。
ともだち　しゅくだい　うつ

to.mo.da.chi.no./shu.ku.da.i.o./u.tsu.shi.
te.wa./i.ke.ma.se.n.

□ 下星期五要交。

提出は来週の金曜です。
ていしゅつ　らいしゅう　きんよう

te.i.shu.tsu.wa./ra.i.shu.u.no./ki.n.yo.u.de.su.

□ 遲交的話就不收。

期日に遅れたら受け付けません。
きじつ　おく　う　つ

ki.ji.tsu.ni./o.ku.re.ta.ra./u.ke.tsu.ke.ma.se.n.

□ 請用英文寫滿 1 張感想。

感想を英語で1枚書いてください。
かんそう　えいご　いちまいか

ka.n.so.u.o./e.i.go.de./i.chi.ma.i./ka.i.te./ku.da.
sa.i.

253

考試

☐ 明天要舉行考試。

明日_{あした}テストをします。

a.shi.ta./te.su.to.o./shi.ma.su.

☐ 下星期舉行小考。

来週_{らいしゅう}小_{しょう}テストをします。

ra.i.shu.u./sho.u.te.su.to.o./shi.ma.su.

☐ 這部分考試會出喔。

この部分_{ぶぶん}はテストに出_でますよ。

ko.no./bu.bu.n.wa./te.su.to.ni./de.ma.su.yo.

☐ 以交報告代替補考。

追試_{ついし}の代_かわりにレポートを提出_{ていしゅつ}してく

ださい。

tsu.i.shi.no./ka.wa.ri.ni./re.po.o.to.o./te.i.shu.
tsu./shi.te./ku.da.sa.i.

☐ 期中考從明天開始。

中間試験_{ちゅうかんしけん}は明日_{あした}から始_{はじ}まります。

chu.u.ka.n.shi.ke.n.wa./a.shi.ta./ka.ra./ha.ji.
ma.ri.ma.su.

□ 期末考是下星期三。

きまつしけん　らいしゅう　すいよう
期末試験は来週の水曜です。

ki.ma.tsu.shi.ke.n.wa./ra.i.shu.u.no./su.i.yo.
u.de.su.

□ 範圍是從第 4 章到第 8 章。

はんい　だいよんしょう　　だいはちしょう
範囲は第 4 章から第 8 章まで。

ha.ni.wa./da.i.yo.n.sho.u./ka.ra./da.i.ha.chi.
sho.u./ma.de.

□ 明天發表考試結果。

しけん　けっか　あすはっぴょう
試験の結果は明日発表されます。

shi.ke.n.no./ke.kka.wa./a.shi.ta./ha.ppyo.u./
sa.re.ma.su.

□ 拿到了高分。

てんすう　と
いい点数を取りました。

i.i./te.n.su.u.o./to.ri.ma.shi.ta.

□ 英文老師給分很嚴格。

えいご　せんせい　さいてん　きび
英語の先生は採点が厳しい。

e.i.go.no./se.n.se.i.wa./sa.i.te.n.ga./ki.bi.shi.i.

□ 沒拿到必修的學分。

ひっしゅう　たんい　お
必修の単位を落としてしまった。

hi.sshu.u.no./ta.ni.o./o.to.shi.te./shi.ma.tta.

社團

□ 想進棒球隊 (社)。

野球部に入りたいと思っている。
やきゅうぶ　はい　　　　　　　　おも

ya.kyu.u.bu.ni./ha.i.ri.ta.i.to./o.mo.tte./i.ru.

□ 中學時代就進入足球隊 (社)，持續著嚴格的訓練。

中学時代からサッカー部に入ってい
ちゅうがくじだい　　　　　　　　　ぶ　はい
て、厳しい練習を続けてきた。
きび　　れんしゅう　つづ

chu.u.ga.ku.ji.da.i./ka.ra./sa.kka.a.bu.ni./
ha.i.tte./i.te./ki.bi.shi.i./re.n.shu.u.o./tsu.
zu.ke.te./ki.ta.

□ 每年夏天都在宮崎進行團訓。

毎年、夏に宮崎で合宿をする。
まいとし　なつ　みやざき　がっしゅく

ma.i.to.shi./na.tsu.ni./mi.ya.za.ki.de./ga.sshu.
ku.o./su.ru.

□ 沒有想加入的社團。

入りたいクラブがないのです。
はい

ha.i.ri.ta.i./ku.ra.bu.ga./na.i.no.de.su.

□ 加入了廣播社。

放送部に入っている。
ほうそうぶ　はい

ho.u.so.u.bu.ni./ha.i.tte./i.ru.

□ 以優勝為目標努力練習。

優勝を目指して練習に励んでいる。

yu.u.sho.u.o./me.za.shi.te./re.n.shu.u.ni./
ha.ge.n.de./i.ru.

□ 沒參加社團。

部活をやってない。

bu.ka.tsu.o./ya.tte./na.i.

□ 上個月從廣播社退社了。

先月、放送部を辞めた。

se.n.ge.tsu./ho.u.so.u.bu.o./ya.me.ta.

□ 從熱舞社轉到了柔道社。

ダンス部から柔道部に移りました。

da.n.su.bu./ka.ra./ju.u.do.u.bu.ni./u.tsu.ri.ma.
shi.ta.

□ 大學時加入了落語(單口相聲)研究會。

大学では落語研究会に入っていた。

da.i.ga.ku./de.wa./ra.ku.go.ke.n.kyu.u.ka.i.ni./
ha.i.tte./i.ta.

□ 我念的大學沒有音樂的社團。

私の大学には音楽のサークルがない。

wa.ta.shi.no./da.i.ga.ku./ni.wa./o.n.ga.ku.no./
sa.a.ku.ru.ga./na.i.

257

補習、用功

MP3
126

□ 我每晚都去上補習班。

私 は毎晩、塾へ通っています。
わたし まいばん じゅく かよ

wa.ta.shi.wa./ma.i.ba.n./ju.ku.e./ka.yo.tte./
i.ma.su.

□ 讓小孩去上補習班。

子供を塾に通わせている。
こども じゅく かよ

ko.do.mo.o./ju.ku.ni./ka.yo.wa.se.te./i.ru.

□ 跟不上學校的課業。

学校の勉強についていけない。
がっこう べんきょう

ga.kko.u.no./be.n.kyo.u.ni./tsu.i.te./i.ke.na.i.

□ 為了考大學想去上補習班。

受験のために塾へ通いたい。
じゅけん じゅく かよ

ju.ke.n.no./ta.me.ni./ju.ku.e./ka.yo.i.ta.i.

□ 他不去補習，也能拿到好成績。

彼は塾に通わなくても、いい成績が取
かれ じゅく かよ せいせき と

れる。

ka.re.wa./ju.ku.ni./ka.yo.wa.na.ku.te.mo./i.i./
se.i.se.ki.ga./to.re.ru.

□ 每週去英語會話補習班上 1 次課。

英会話学校（えいかいわがっこう）で週（しゅう）1回（いっかい）のレッスンを受
けている。

e.i.ka.i.wa./ga.kko.u.de./shu.u./i.kka.i.no./
re.ssu.n.no./u.ke.te./i.ru.

□ 放學之後至少念 2 小時書。

学校（がっこう）から帰（かえ）ったら少（すく）なくとも 2 時間（にじかん）は
勉強（べんきょう）します。

ga.kko.u./ka.ra./ka.e.tta.ra./su.ku.na.ku.
to.mo./ni.ji.ka.n.wa./be.n.kyo.u./shi.ma.su.

□ 考試前一天熬夜念書。

試験（しけん）の前日（ぜんじつ）は徹夜（てつや）で勉強（べんきょう）します。

shi.ke.n.no./ze.n.ji.tsu.wa./te.tsu.ya.de./
be.n.kyo.u./shi.ma.su.

□ 只有有考試時才會用功。

試験（しけん）があるときだけ勉強（べんきょう）します。

shi.ke.n.ga./a.ru./to.ki./da.ke./be.n.kyo.u./shi.
ma.su.

□ 再怎麼用功成績也不見起色。

いくら勉強（べんきょう）しても成績（せいせき）が上（あ）がらない。

i.ku.ra./be.n.kyo.u./shi.te.mo./se.i.se.ki.ga./
a.ga.ra.na.i.

升學

MP3
127

□ 下不了決心要就業還是上大學。

就職か大学進学か決心がつかない。

shu.u.sho.ku.ka./da.i.ga.ku./shi.n.ga.ku.ka./
ke.sshi.n.ga./tsu.ka.na.i.

□ 決定想念的學校了嗎？

志望校を決めましたか？

shi.bo.u.ko.u.o./ki.me.ma.shi.ta.ka.

□ 為了考上想念的學校正在努力。

志望校に合格するように努力している。

shi.bo.u.ko.u.ni./go.u.ka.ku./su.ru.yo.u.ni./
do.ryo.ku./shi.te./i.ru.

□ 爸爸說一定要念研究所。

父は大学院へ行くべきだと言っている。

chi.chi.wa./da.i.ga.ku.i.n.e./i.ku./be.ki.da.to./
i.tte./i.ru.

□ 由高中推薦 (上大學)。

高校から推薦を受けた。

ko.u.ko.u./ka.ra./su.i.se.n.o./u.ke.ta.

□ 因為有獎學金，他才能念研究所。

しょうがくきん　　　　　　かれ　だいがくいん　しんがく
奨学金のおかげで彼は大学院に進学で
きた。

sho.u.ga.ku.ki.n.no./o.ka.ge.de./ka.re.wa./da.i.ga.ku.i.n.ni./shi.n.ga.ku./de.ki.ta.

□ 為了主修經濟，所以決定念大學。

けいざい　せんこう　　　　　　　　　だいがく　しんがく
経済を専攻するために、大学に進学す
き
ることを決めました。

ke.i.za.i.o./se.n.ko.u./su.ru./ta.me.ni./da.i.ga.ku.ni./shi.n.ga.ku./su.ru./ko.to.o./ki.me.ma.shi.ta.

□ 第 2 次挑戰，考上了的大學。

に　ど　め　　　ちょうせん　だいがく　ごうかく
２度目の挑戦で大学に合格した。

ni.do.me.no./cho.u.se.n.de./da.i.ga.ku.ni./go.u.ka.ku./shi.ta.

□ 重考 1 年考上大學。

いちろう　　　　だいがく　はい
１浪して大学に入った。

i.chi.ro.u./shi.te./da.i.ga.ku.ni./ha.i.tta.

□ 我想要出國學語言。

わたし　ごがくりゅうがく　　　　　　おも
私は語学留学したいと思います。

wa.ta.shi.wa./go.ga.ku.ryu.u.ga.ku./shi.ta.i.to./o.mo.i.ma.su.

校園活動

□ 兒子參加校外教學正在鎌倉。

むすこ　かまくら　しゅうがくりょこう　い
息子は鎌倉へ修学旅行に行っている。

mu.su.ko.wa./ka.ma.ku.ra.e./shu.u.ga.ku./ryo.
ko.u.ni./i.tte./i.ru.

□ 遠足因雨順延了。

えんそく　あめ　　　　えんき
遠足は雨のため延期された。

e.n.so.ku.wa./a.me.no./ta.me./e.n.ki.sa.re.ta.

□ 運動會的隔天學校放假。

うんどうかい　よくじつ　がっこう　やす
運動会の翌日は学校が休みだった。

u.n.do.u.ka.i.no./yo.ku.ji.tsu.wa./ga.kko.u.ga./
ya.su.mi.da.tta.

□ 也有些學校在 5 月舉辦運動會。

ごがつ　うんどうかい　おこな　がっこう
5月に運動会を行う学校もあります。

go.ga.tsu.ni./u.n.do.u.ka.i.o./o.ko.na.u./
ga.kko.u.mo./a.ri.ma.su.

□ 每年都有很多學校的活動。

まいとし　　　　　　　がっこうぎょうじ
毎年たくさんの学校行事があります。

ma.i.to.shi./ta.ku.sa.n.no./ga.kko.u.gyo.u.ji.
ga./a.ri.ma.su.

☐ 校慶快到了呢。

もうすぐ学園祭だね。

mo.u.su.gu./ga.ku.e.n.sa.i.da.ne.

☐ 明天有避難訓練。

明日防災訓練がある。

a.shi.ta./bo.u.sa.i.ku.n.re.n.ga./a.ru.

☐ 這個星期三是家長參觀日。

この水曜日に授業参観があります。

ko.no./su.i.yo.u.bi.ni./ju.gyo.u.sa.n.ka.n.ga./
a.ri.ma.su.

☐ 去了女兒的入學典禮。

娘の入学式に行ってきた。

mu.su.me.no./nyu.u.ga.ku.shi.ki.ni./i.tte./ki.ta.

☐ 請來看我們的文化祭(校慶)。

文化祭を見に来てください。

bu.n.ka.sa.i.o./mi.ni./ki.te./ku.da.sa.i.

☐ 每天都有朝會。

毎日朝礼があります。

ma.i.ni.chi./cho.u.re.i.ga./a.ri.ma.su.

「腳麻了」怎麼說？
你不能不學的
日語常用句

實用短句篇

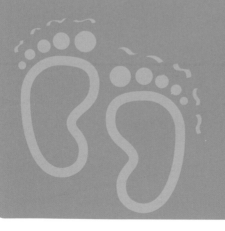

心情短語

□ 咦？

あれ？

a.re.

□ 咦？

おや？

o.ya.

□ 該怎麼說。/ 是什麼呢？

なんだろう？

na.n.da.ro.u.

□ 啊，找到了找到了。

あ、あったあった。

a./a.tta./a.tta.

□ 一、二、三。(用力時說)

よいしょ。

yo.i.sho.

□ 太好了！

やった！

ya.tta.

□ 太扯了！

そんなバカな！

so.n.na./ba.ka.na.

□ 糟糕！

大変！
たいへん

ta.i.he.n.

□ 糟糕！

いけない！

i.ke.na.i.

□ 又闖禍了！/ 又出錯了！

また、やっちゃった！

ma.ta./ya.ccha.tta.

□ 完了！

しまった！

shi.ma.tta.

常用問句

□ 你覺得如何？

どう思^{おも}いますか？

do.u./o.mo.i.ma.su.ka.

□ 京都 (的感覺) 怎麼樣？

京都^{きょうと}はどうでしたか？

kyo.u.to.wa./do.u.de.shi.ta.ka.

□ 怎麼了嗎？

どうしましたか？

do.u.shi.ma.shi.ta.ka.

□ 你在製作什麼？

何^{なに}を作^{つく}っていますか？

na.ni.o./tsu.ku.tte./i.ma.su.ka.

□ 該怎麼製作呢？

どうやって作^{つく}りますか？

do.u.ya.tte./tsu.ku.ri.ma.su.ka.

☐ 展覽是什麼時候呢？

展示会はいつですか？

te.n.ji.ka.i.wa./i.tsu.de.su.ka.

☐ 那個人是誰？

あの人は誰ですか？

a.no.hi.to.wa./da.re.de.su.ka.

☐ 吃了幾個草莓？

いちごをいくつ食べましたか？

i.chi.go.o./i.ku.tsu./ta.be.ma.shi.ta.ka.

☐ 有幾個人？

何人いますか？

na.n.ni.n./i.ma.su.ka.

☐ 庫存有多少？

在庫はどれくらいありますか？

za.i.ko.wa./do.re.ku.ra.i./a.ri.ma.su.ka.

☐ 需要多久時間？

どれくらいかかりますか？

do.re.ku.ra.i./ka.ka.ri.ma.su.ka.

打招呼

MP3 131

□ 初次見面。

はじめまして。

ha.ji.me.ma.shi.te.

□ 你好。

こんにちは。

ko.n.ni.chi.wa.

□ 晚上好。

こんばんは。

ko.n.ba.n.wa.

□ 辛苦了。

お疲れ様です。

o.tsu.ka.re.sa.ma.de.su.

□ 好久不見。

お久しぶりです。

o.hi.sa.shi.bu.ri.de.su.

270

☐ 竟然在這裡遇真是太巧了。

こんなとこで会うなんて奇遇だね。

ko.n.na./to.ko.de./a.u./na.n.te./ki.gu.u.da.ne.

☐ 你過得好嗎？

お元気ですか？

o.ge.n.ki.de.su.ka.

☐ 最近如何？

最近どうよ？

sa.i.ki.n./do.u.yo.

☐ 我很好喔，謝謝。

元気だよ、ありがとう。

ge.n.ki.da.yo./a.ri.ga.to.u.

☐ 還是老樣子唷。

相変わらずだよ。

a.i.ka.wa.ra.zu.da.yo.

☐ 一直很想見你呢！

会いたかったよ。

a.i.ta.ka.tta.yo.

自我介紹

MP3
132

☐ 請容我自我介紹。

じこしょうかい
自己紹介させていただきます。

ji.ko.sho.u.ka.i./sa.se.te./i.ta.da.ki.ma.su.

☐ 我叫安娜。

わたし
私はアンナと言います。

wa.ta.shi.wa./a.n.na.to./i.i.ma.su.

☐ 請叫我安。

よ
アンと呼んでください。

a.n.to./yo.n.de./ku.da.sa.i.

☐ 我是上班族。

かいしゃいん
会社員をしています。

ka.i.sha.i.n.o./shi.te./i.ma.su.

☐ 在汽車製造商工作。

じどうしゃ   はたら
自動車メーカーで働いています。

ji.do.u.sha./me.e.ka.a.de./ha.ta.ra.i.te./i.ma.su.

□ 我的特長是變魔術。

私の特技は手品です。
わたし　とくぎ　てじな

wa.ta.shi.no./to.ku.gi.wa./te.ji.na.de.su.

□ 我從台灣來的。

台湾から来ました。
たいわん　　き

ta.i.wa.n./ka.ra./ki.ma.shi.ta.

□ 在台北出生。

台北生まれです。
たいぺいう

ta.i.pe.i./u.ma.re.de.su.

□ 住在上野。

上野に住んでいます。
うえの　す

u.e.no.ni./su.n.de./i.ma.su.

□ 要在這裡待 1 個月。

1 ヶ月間こちらに滞在します。
いっかげつかん　　　　　たいざい

i.kka.ge.tsu.ka.n./ko.chi.ra.ni./ta.i.za.i./shi.
ma.su.

□ 請多多指教。

どうぞよろしくお願いします。
ねが

do.u.zo./yo.ro.shi.ku./o.ne.ga.i./shi.ma.su.

道別

☐ 那個，我就先告辭了。

では、ここで失礼します。

de.wa./ko.ko.de./shi.tsu.re.i./shi.ma.su.

☐ 期待再見面。

またお会いできるのを楽しみにしています。

ma.ta./o.a.i./de.ki.ru./no.o./ta.no.shi.mi.ni./shi.te./i.ma.su.

☐ 該走了。

もう行かなくちゃ。

mo.u./i.ka.na.ku.cha.

☐ 差不多該回去了。

そろそろ帰らねばなりません。

so.ro.so.ro./ka.e.ra.ne.ba./na.ri.ma.se.n.

☐ 下次見。

またね。

ma.ta.ne.

□ 待會兒見。

また後^{あと}でね。

ma.ta./a.to.de.ne.

□ 今天真開心。

今日^{きょう}は楽^{たの}しかったです。

kyo.u.wa./ta.no.shi.ka.tta.de.su.

□ 祝你有美好的1天。

よい1日^{いちにち}を。

yo.i./i.chi.ni.chi.o.

□ 請再來玩。

またお越^こしください。

ma.ta./o.ko.shi./ku.da.sa.i.

□ 請代我問候你的家人。

ご家族^{かぞく}によろしくお伝^{つた}えください。

go.ka.zo.ku.ni./yo.ro.shi.ku./o.tsu.ta.e./ku.da.sa.i.

□ 請再打電話給我。

またそのうち電話^{でんわ}をください。

ma.ta./so.no./u.chi./de.n.wa.o./ku.da.sa.i.

致謝

☐ 謝謝。

ありがとうございます。

a.ri.ga.to.u./go.za.i.ma.su.

- -

☐ 謝謝你幫我。

助たすけてくれてありがとう。

ta.su.ke.te./ku.re.te./a.ri.ga.to.u.

- -

☐ 謝謝你送我這麼棒的禮物。

素敵すてきなプレゼントをありがとう。

su.te.ki.na./pu.re.ze.n.to.o./a.ri.ga.to.u.

- -

☐ 謝謝，真是幫了我大忙。

ありがとう、助たすかりました。

a.ri.ga.to.u./ta.su.ka.ri.ma.shi.ta.

- -

☐ 謝謝你的熱心。

どうもご親切しんせつに。

do.u.mo./go.shi.n.se.tsu.ni.

☐ 很感謝您。

かんしゃ
感謝いたします。

ka.n.sha./i.ta.shi.ma.su.

☐ 託老師的福。

せんせい　　　かげ
先生のお陰です。

se.n.se.i.no./o.ka.ge.de.su.

☐ 不客氣。

どういたしまして。

do.u./i.ta.shi.ma.shi.te.

☐ 只是小事一樁。

たい
大したことじゃないよ。

ta.i.shi.ta./ko.to./ja.na.i.yo.

☐ 不成問題。/ 小菜一碟。

やす　　　よう
お安いご用。

o.ya.su.i./go.yo.u.

☐ 別在意。

き
気にしないで。

ki.ni./shi.na.i.de.

道歉

□ 不好意思。

失礼しました。

shi.tsu.re.i./shi.ma.shi.ta.

□ 是我的錯，對不起。

私のせいです。ごめんなさい。

wa.ta.shi.no./se.i.de.su./go.me.n.na.sa.i.

□ 對不起。

すみません。

su.mi.ma.se.n.

□ 很抱歉。

申し訳ありません。

mo.u.shi.wa.ke./a.ri.ma.se.n.

□ 請原諒我。

許してください。

yu.ru.shi.te./ku.da.sa.i.

□ 以後我會注意。

これからは気^きをつけます。

ko.re.ka.ra.wa./ki.o./tsu.ke.ma.su.

□ 沒關係啦。

別^{べつ}にいいよ。

be.tsu.ni./i.i.yo.

□ 不必道歉啦。

謝^{あやま}らなくていいよ。

a.ya.ma.ra.na.ku.te./i.i.yo.

□ 不必在意啦。

もう気^きにしなくていいよ。

mo.u./ki.ni./shi.na.ku.te./i.i.yo.

□ 我不在意喔。

気^きにしていませんよ。

ki.ni./shi.te./i.ma.se.n.yo.

□ 下次別再犯了喔。

2度^{にど}としないでくださいね。

ni.do.to./shi.na.i.de./ku.da.sa.i.ne.

意願

□ 想喝一杯。

飲みたい気分だ。

の / きぶん

no.mi.ta.i./ki.bu.n.da.

□ 想要新的包包。

新しいバッグがほしいです。

あたら

a.ta.ra.shi.i./ba.ggu.ga./ho.shi.i.de.su.

□ 想更了解一點。

もっと知りたいです。

し

mo.tto.shi.ri.ta.i.de.su.

□ 想請朋友來家裡玩。

友達を家に招待しようと思っていま

す。

ともだち / いえ / しょうたい / おも

to.mo.da.chi.o./i.e.ni./sho.u.ta.i./shi.yo.u.to./
o.mo.tte./i.ma.su.

□ 星期日想去看電影。

日曜日に映画に行くつもりです。

にちようび / えいが / い

ni.chi.yo.u.bi.ni./e.i.ga.ni./i.ku./tsu.mo.ri.de.su.

□ 可以的話不想講。

できれば話したくない。

de.ki.re.ba./ha.na.shi.ta.ku.na.i.

□ 什麼都不想做。

何をするのも嫌だ。

na.ni.o./su.ru./no.mo./i.ya.da.

□ 想要什麼都不做。

何もしないでいたい。

na.ni.mo./shi.na.i.de./i.ta.i.

□ 不想再吃甜食了。

もうこれ以上甘いものを食べたくない。

mo.u./ko.re.i.jo.u./a.ma.i./mo.no.o./ta.be.
ta.ku.na.i.

□ 不想馬上去睡。

今すぐには眠りたくない気分だ。

i.ma./su.gu.ni.wa./ne.mu.ri.ta.ku.na.i./ki.bu.
n.da.

□ 討厭現在的工作。

今の仕事に嫌気が差す。

i.ma.no./shi.go.to.ni./i.ya.ke.ga./sa.su.

請求、徵求許可

☐ 可以聽我的請求嗎？

お願いを聞いてくれませんか？

o.ne.ga.i.o./ki.i.te./ku.re.ma.se.n.ka.

☐ 有事想要拜託你。

頼みがあるんだけど。

ta.no.mi.ga./a.ru.n.da.ke.do.

☐ 可以幫我的忙嗎？

手助けしてもらえませんか？

te.da.su.ke/shi.te./mo.ra.e.ma.se.n.ka.

☐ 可以借我電話嗎？

電話を貸してもらえますか？

de.n.wa.o./ka.shi.te./mo.ra.e.ma.su.ka.

☐ 明知您很忙，但可以請你幫我確認一下嗎？

お忙しいとは思いますが、チェックし
てくれませんか？

o.i.so.ga.shi.i./to.wa./o.mo.i.ma.su.ga./che.
kku./shi.te./ku.re.ma.se.n.ka.

☐ 可以請你教我嗎？

教えていただけませんか？

o.shi.e.te./i.ta.da.ke.ma.se.n.ka.

☐ 我可以拿這個嗎？

これ、いただいてもよろしいですか？

ko.re./i.ta.da.i.te.mo./yo.ro.shi.i.de su.ka.

☐ 可以拜託你嗎？

お願いしていいですか？

o.ne.ga.i./shi.te./i.i.de.su.ka.

☐ 可以抽菸嗎？

タバコを吸ってもいいですか？

ta.ba.ko.o./su.tte.mo./i.i.de.su.ka.

☐ 不介意我關窗嗎？

窓を閉めても気にしませんか？

ma.do.o./shi.me.te.mo./ki.ni./shi.ma.se.n.ka.

☐ 希望能收到您的回覆。

お返事をいただけると幸いです。

o.he.n.ji.o./i.ta.da.ke.ru.to./sa.i.wa.i.de.su.

邀請

MP3
138

☐ 要不要去看電影？

映画<ruby>えいが</ruby>に行<ruby>い</ruby>きませんか？

e.i.ga.ni./i.ki.ma.se.n.ka.

☐ 要不要一起吃晚餐？

一緒<ruby>いっしょ</ruby>に夕食<ruby>ゆうしょく</ruby>に行<ruby>い</ruby>きませんか？

i.ssho.ni./yu.u.sho.ku.ni./i.ki.ma.se.n.ka.

☐ 要不要和我們一起？

私<ruby>わたし</ruby>たちと一緒<ruby>いっしょ</ruby>に、どうですか？

wa.ta.shi.ta.chi.to./i.ssho.ni./do.u.de.su.ka.

☐ 要不要喝看看當地啤酒？

地<ruby>ぢ</ruby>ビールを飲<ruby>の</ruby>んでみませんか？

ji.bi.i.ru.o./no.n.de./mi.ma.se.n.ka.

☐ 要不要來我家喝茶？

うちに来<ruby>き</ruby>てお茶<ruby>ちゃ</ruby>でもどう？

u.chi.ni./ki.te./o.cha.de.mo./do.u.

□ 要不要來杯茶？

お茶はいかがですか？

o.cha.wa./i.ka.ga.de.su.ka.

□ 讓我們開始吧。

そろそろ始めましょうか？

so.ro.so.ro./ha.ji.me.ma.sho.u.ka.

□ 要不要一起去吃個飯？

食事にでも行かない？

sho.ku.ji.ni./de.mo./i.ka.na.i.

□ 要不要去那裡看看？

そこに行ってみない？

so.ko.ni./i.tte./mi.na.i.

□ 對巴西菜有興趣嗎？

ブラジル料理に興味はありますか？

bu.ra.ji.ru./ryo.u.ri.ni./kyo.u.mi.wa./a.ri.ma.su.ka.

□ 下次要出去時也叫上我唷。

今度出かけるときは一声かけてね。

ko.n.do./de.ka.ke.ru./to.ki.wa./hi.to.ko.e./ka.ke.te.ne.

接受、拒絕

□ 我很樂意。

よろこんで。

yo.ro.ko.n.de.

□ 當然好。

もちろん。

mo.chi.ro.n.

□ 好啊。

いいですよ。

i.i.de.su.yo.

□ 可以喔。/ 沒關係喔。

かまいませんよ。

ka.ma.i.ma.se.n.yo.

□ 交給我。

<ruby>任<rt>まか</rt></ruby>せてください。

ma.ka.se.te./ku.da.sa.i.

□ 現在有點忙。

今ちょっと手が離せないんです。

i.ma./cho.tto./te.ga./ha.na.se.na.i.n.de.su.

□ 我也想幫忙，但…。

そうできたらよかったのですが。

so.u./de.ki.ta.ra./yo.ka.tta.no./de.su.ga.

□ 有點不方便。

それはちょっと。

so.re.wa./cho.tto.

□ 可以的話想拒絕。

できればお断りしたいです。

de.ki.re.ba./o.ko.to.wa.ri./shi.ta.i.de.su.

□ 下次吧。

また今度にしよう。

ma.ta./ko.n.do.ni./shi.yo.u.

□ 下次請再約我。

また誘ってください。

ma.ta./sa.so.tte./ku.da.sa.i.

稱讚

□ 好美的禮服，真適合你！

素敵なドレスだね。似合ってるよ！

su.te.ki.na./do.re.su.da.ne./ni.a.tte.ru.yo.

□ 你女兒真可愛！

娘さん、なんてかわいいの！

mu.su.me.sa.n./na.n.te./ka.wa.i.i.no.

□ 今天的髮型超好看呢。

今日の髪型最高にいいよ。

kyo.u.no./ka.mi.ga.ta./sa.i.ko.u.ni./i.i.yo.

□ 你拿的包包真是可愛。

かわいいバッグをお持ちですね。

ka.wa.i.i./ba.ggu.o./o.mo.chi.de.su.ne.

□ 唱得真好，原來你唱歌這麼好聽。

歌が上手ね。こんなにうまいなんて知

らなかった。

u.ta.ga./jo.u.zu.ne./ko.n.na.ni./u.ma.i./
na.n.te./shi.ra.na.ka.tta.

□ 這個做得很好呢。

これはよくできていますね。

ko.re.wa./yo.ku./de.ki.te./i.ma.su.ne.

□ 做得很棒唷。/ 你盡力了。

よく頑<ruby>張<rt>がんば</rt></ruby>ったね。

yo.ku./ga.n.ba.tta.ne.

□ 很完美。

<ruby>完璧<rt>かんぺき</rt></ruby>だね。

ka.n.pe.ki.da.ne.

□ 您畫的畫，真是太出色了。

<ruby>描<rt>えが</rt></ruby>かれた<ruby>絵<rt>え</rt></ruby>、<ruby>素晴<rt>すば</rt></ruby>らしかったです。

e.ga.ka.re.ta./e./su.ba.ra.shi.ka.tta.de.su.

□ 很有天賦呢。

<ruby>才能<rt>さいのう</rt></ruby>がありますね。

sa.i.no.u.ga./a.ri.ma.su.ne.

□ 很受感動。

<ruby>感心<rt>かんしん</rt></ruby>した。

ka.n.shi.n./shi.ta.

鼓勵

□ 我會在你身邊的，加油。

私が付いてるから頑張って。

wa.ta.shi.ga./tsu.i.te.ru./ka.ra./ga.n.ba.tte.

□ 要做的話只有現在。

やるなら今しかないよ。

ya.ru.na.ra./i.ma/shi.ka.na.i.yo.

□ 不做就不知道。

やってみないとわからないよ。

ya.tte./mi.na.i.to./wa.ka.ra.na.i.yo.

□ 為你的成功祈禱。

成功するように祈るよ。

se.i.ko.u./su.ru./yo.u.ni./i.no.ru.yo.

□ 再忍耐一下，堅持下去。

もう少しの辛抱だよ、踏ん張って。

mo.u./su.ko.shi.no./shi.n.bo.u.da.yo./fu.n.ba.
tte.

□ 你一定做得到！

あなたならできる！

a.na.ta./na.ra./de.ki.ru.

- -

□ 順著這股氣加油。

その調子^{ちょうし}で頑張^{がんば}れ！

so.no./cho.u.shi.de./ga.n.ba.re.

- -

□ 打起精神來。

元気出^{げんきだ}して。

ge.n.ki./da.shi.te.

- -

□ 別擔心，船到橋頭自然直。

心配^{しんぱい}しないで、なんとかなるよ。

shi.n.pa.i./shi.na.i.de./na.n.to.ka./na.ru.yo.

- -

□ 別放棄。

諦^{あきら}めないで。

a.ki.ra.me.na.i.de.

- -

□ 別擔心。

心配^{しんぱい}しないで。

shi.n.pa.i./shi.na.i.de.

安慰

☐ 不必強打起精神喔。

元気なふりしなくていいんだよ。

ge.n.ki.na./fu.ri./shi.na.ku.te./i.i.n.da.yo.

☐ 不必勉強自己打起精神。

無理に元気を出さなくていいんだよ。

mu.ri.ni./ge.n.ki.o./da.sa.na.ku.te./i.i.n.da.yo.

☐ 不必強迫自己笑，難過的時候就哭吧。

無理に笑わなくていいんだよ。悲しい

ときは泣きなよ。

mu.ri.ni./wa.ra.wa.na.ku.te./i.i.n.da.yo./ka.na.
shi.i./to.ki.wa./na.ki.na.yo.

☐ 工作別太辛苦了。

そんなに働きすぎないで。

so.n.na.ni./ha.ta.ra.ki.su.gi.na.i.de.

☐ 不要把自己逼得太緊。

自分を追い込みすぎないで。

ji.bu.n.o./o.i.ko.mi.su.gi.na.i.de.

□ 你一定很累了，別勉強了就休息吧。

きっと疲れてるんだよ。無理しないで
休んでね。

ki.tto./tsu.ka.re.te.ru.n./da.yo./mu.ri./shi.
na.i.de./ya.su.n.de.ne.

□ 念書別太累了。

勉強で疲れ果てないでよ。

be.n.kyo.u.de./tsu.ka.re.ha.te.na.i.de.yo.

□ 真可惜。

残念だね。

za.n.ne.n.da.ne.

□ 一切都會順利的。

すべてうまくいくよ。

su.be.te./u.ma.ku.i.ku.yo.

□ 我會陪在你身邊的。

側にいるよ。

so.ba.ni./i.ru.yo.

□ 我很了解你的痛楚。

あなたの痛みをよく知ってるよ。

a.na.ta.no./i.ta.mi.o./yo.ku./shi.tte.ru.yo.

建議

□ 請給我建議。

アドバイスをください。

a.do.ba.i.su.o./ku.da.sa.i.

□ 我想聽誠實的意見。

正直な意見を聞きたいです。
しょうじき　いけん　　き

sho.u.ji.ki.na./i.ke.n.o./ki.ki.ta.i.de.su.

□ 要是你的話會怎麼做？

あなただったらどうする？

a.na.ta./da.tta.ra./do.u./su.ru.

□ 如果是我的話會找別的做法。

私だったらほかのやり方を探します。
わたし　　　　　　　　　　かた　さが

wa.ta.shi./da.tta.ra./ho.ka.no./ya.ri.ka.ta.o./
sa.ga.shi.ma.su.

□ 我覺得明天的會議最好取消。

明日の会議をキャンセルしたほうがい
あした　かいぎ
いと思う。
おも

a.shi.ta.no./ka.i.gi.o./kya.n.se.ru./shi.ta./
ho.u.ga./i.i.to./o.mo.u.

□ 不知道我是不是該給意見。

アドバイスしていいのかわかりません。

a.do.ba.i.su./shi.te./i.i.no.ka./wa.ka.ri.ma.se.n.

□ 我想去看醫生比較好。

医者に行ったらいいと思うよ。

i.sha.ni./i.tta.ra./i.i.to./o.mo.u.yo.

□ 該怎麼辦才好？

どうしたらいいですか？

do.u.shi.ta.ra./i.i.de.su.ka.

□ 請試試看。

試してみてください。

ta.me.shi.te./mi.te./ku.da.sa.i.

□ 我覺得應該要試別的方法。

別のやり方を試してみるべきだと思い
ます。

be.tsu.no./ya.ri.ka.ta.o./ta.me.shi.te./mi.ru./
be.ki.da.to./o.mo.i.ma.su.

□ 要不要也試著約她？

彼女も誘ってみてはどう？

ka.no.jo.mo./sa.so.tte./mi.te.wa./do.u.

開心

MP3
144

☐ 很高興能見到你。

お会いできてとても嬉しい。

o.a.i./de.ki.te./to.te.mo./u.re.shi.i.

☐ 高興得要跳起來。

飛び上がりそうなくらい嬉しい。

to.bi.a.ga.ri.so.u.na./ku.ra.i./u.re.shi.i.

☐ 這是人生最開心的。

今までの人生で一番嬉しい。

i.ma.ma.de.no./ji.n.se.i.de./i.chi.ba.n./u.re.shi.i.

☐ 課長帶著面臉笑容進來了。

課長は満面の笑みで入ってきた。

ka.cho.u.wa./ma.n.me.n.no./e.mi.de./ha.i.tte./ki.ta.

☐ 明天開始就是暑期休假，大家心情都很雀躍呢。

明日から夏休みだから、皆ルンルン気分だね。

a.shi.ta./ka.ra./na.tsu.ya.su.mi./da.ka.ra./mi.na./ru.n.ru.n./ki.bu.n.da.ne.

□ 太開心了忍不住露出笑意。

嬉しくて思わずにやける。

u.re.shi.ku.te./o.mo.wa.zu./ni.ya.ke.ru.

□ 感受到無法形容的喜悅。

言葉にならないくらい喜びを感じた。

ko.to.ba.ni./na.ra.na.i./ku.ra.i./yo.ro.ko.bi.o./
ka.n.ji.ta.

□ 看到父母開心，我也很開心。

両親が嬉しそうで私もとても嬉しい。

ryo.u.shi.n.ga./u.re.shi.so.u.de./wa.ta.shi.mo./
to.te.mo./u.re.shi.i.

□ 感覺要飛上天。

天にも昇るような気持ちだ。

te.n.ni.mo./no.bo.ru./yo.u.na./ki.mo.chi.da.

□ 超級幸福！

最高に幸せ！

sa.i.ko.u.ni./shi.a.wa.se.

□ 每次見面總是特別開心。

会うといつも楽しい気分になる。

a.u.to./i.tsu.mo./ta.no.shi.i./ki.bu.n.ni./na.ru.

297

難過

□ 看了這個心情也變得難過。

これを見て悲しくなった。

ko.re.o./mi.te./ka.na.shi.ku./na.tta.

□ 現在都想哭。

今にも泣きそう。

i.ma./ni.mo./na.ki.so.u.

□ 心情很低落。

とても暗い気持ちなの。

to.te.mo./ku.ra.i./ki.mo.chi.na.no.

□ 大受打擊！好失望！

ショック！がっかり！

sho.kku./ga.kka.ri.

□ 太難過了食不下嚥。

悲しくて食事が喉を通らない。

ka.na.shi.ku.te./sho.ku.ji.ga./no.do.o./to.o.ra.
na.i.

□ 快要放棄了。/ 覺得灰心了。

心 が折れそう。
こころ お

ko.ko.ro.ga./o.re.so.u.

□ 心情非常低落。

すごく落ち込んでるんだ。
お こ

su.go.ku./o.chi.ko.n.de.ru.n.da.

□ 心中十分悲傷。

悲しみで胸がいっぱいだった。
かな むね

ka.na.shi.mi.de./mu.ne.ga./i.ppa.i.da.tta.

□ 心痛得快裂開。

心 が引き裂かれそう。
こころ ひ さ

ko.ko.ro.ga./hi.ki.sa.ka.re.so.u.

□ 快傷透心。

もう心が壊れてしまう。
こころ こわ

mo.u./ko.ko.ro.ga./ko.wa.re.te./shi.ma.u.

□ 因傷心的消息大受打擊。

悲しい知らせに打ちのめされた。
かな し う

ka.na.shi.i./shi.ra.se.ni./u.chi.no.me.sa.re.ta.

生氣抱怨

MP3
146

☐ 再也無法忍受了！
　もう我慢<ruby>我慢<rt>がまん</rt></ruby>ならない！

　mo.u./ga.ma.n./na.ra.na.i.

☐ 很火大！
　<ruby>腹<rt>はら</rt></ruby>が<ruby>立<rt>た</rt></ruby>つ。

　ha.ra.ga./ta.tsu.

☐ 我真是太倒霉了！
　<ruby>私<rt>わたし</rt></ruby>、<ruby>本当<rt>ほんとう</rt></ruby>についてないよ！

　wa.ta.shi./ho.n.to.u.ni./tsu.i.te./na.i.yo.

☐ 他氣得臉紅脖子粗。
　<ruby>彼<rt>かれ</rt></ruby>は<ruby>真<rt>ま</rt></ruby>っ<ruby>赤<rt>か</rt></ruby>になって<ruby>怒<rt>おこ</rt></ruby>っている。

　ka.re.wa./ma.kka.ni./na.tte./o.ko.tte./i.ru.

☐ 勃然大怒。
　<ruby>目<rt>め</rt></ruby>の<ruby>色<rt>いろ</rt></ruby>を<ruby>変<rt>か</rt></ruby>えて<ruby>怒<rt>おこ</rt></ruby>った。

　me.no./i.ro.o./ka.e.te./o.ko.tta.

☐ 適可而止！

いいかげんにしなさい！

i.i.ka.ge.n.ni./shi.na.sa.i.

☐ 真的很火大。

ホントムカつく。

ho.n.to./mu.ka.tsu.ku.

☐ 因為沒禮貌的話而動怒。

失礼な言葉に頭にきた。。

shi.tsu.re.i.na./ko.to.ba.ni./a.ta.ma.ni./ki.ta.

☐ 煩死了！

もう、うっとしい！

mo.u./u.tto.shi.i.

☐ 你以為你是誰？

何様のつもり？

na.ni.sa.ma.no./tsu.mo.ri.

☐ 我受夠了！

もうこれ以上はごめんだ。

mo.u./ko.re.i.jo.u.wa./go.me.n.da.

害怕不安

□ 害怕得開始發抖。

怖くて震えてきた。

ko.wa.ku.te./fu.ru.e.te./ki.ta.

□ 發出哀嚎。

悲鳴を上げた。

hi.me.i.o./a.ge.ta.

□ 怕到手心都出汗了。

手に汗かいた。

te.ni./a.se.ka.i.ta.

□ 哇，好可怕。

ああ、怖かった。

a.a./ko.wa.ka.tta.

□ 毛骨悚然。

ぞっとした。

zo.tto./shi.ta.

☐ 害怕得臉色發青。
恐怖<ruby>きょうふ</ruby>で青<ruby>あお</ruby>ざめた。

kyo.u.fu.de./a.o.za.me.ta.

☐ 總覺得內心不安。
何<ruby>なん</ruby>だが胸騒<ruby>むなさわ</ruby>ぎがする。

na.n.da.ga./mu.na.sa.wa.gi.ga./su.ru.

☐ 擔心得睡不著。
心配<ruby>しんぱい</ruby>で眠<ruby>ねむ</ruby>れない。

shi.n.pa.i.de./ne.mu.re.na.i.

☐ 只有1個人會覺得不安。
1人<ruby>ひとり</ruby>だと心細<ruby>こころぼそ</ruby>いです。

hi.to.ri.da.to./ko.ko.ro.bo.so.i.de.su.

☐ 對小孩的未來感到不安。
子供<ruby>こども</ruby>の将来<ruby>しょうらい</ruby>に不安<ruby>ふあん</ruby>を感<ruby>かん</ruby>じた。

ko.do.mo.no./sho.u.ra.i.ni./fu.a.n.o./ka.n.ji.ta.

☐ 他很愛操心。
彼<ruby>かれ</ruby>は心配症<ruby>しんぱいしょう</ruby>です。

ka.re.wa./shi.n.pa.i.sho.u.de.su.

好惡

□ 真的很喜歡音樂。

ほんとう おんがく す
本当に音楽が好きです。

ho.n.to.u.ni./o.n.ga.ku.ga./su.ki.de.su.

□ 最近愛上高爾夫。

さいきん
最近ゴルフにはまっている。

sa.i.ki.n./go.ru.fu.ni./ha.ma.tte./i.ru.

□ 最近熱衷於釣魚。

さいきんつ むちゅう
最近釣りに夢中です。

sa.i.ki.n./tsu.ri.ni./mu.chu.u.de.su.

□ 他很疼愛孫子，疼得想把他捧在手心上。

かれ め なか い いた まご
彼は目の中に入れても痛くないほど孫

をかわいがっている。

ka.re.wa./me.no.na.ka.ni./i.re.te.mo./i.ta.
ku.na.i./ho.do./ma.go.o./ka.wa.i.ga.tte./i.ru.

□ 她的個性善變。(熱得快冷得快)

かのじょ ねっ さ せいかく
彼女は熱しやすく冷めやすい性格だ。

ka.no.jo.wa./ne.sshi.ya.su.ku./sa.me.ya.su.i./
se.i.ka.ku.da.

□ 很喜歡法國菜呢。

フランス料理には目がないの。

fu.ra.n.su./ryo.u.ri.ni.wa./me.ga./na.i.no.

□ 老實說，我不太喜歡那家店。

正直に言って、あの店はあまり好き
じゃない。

sho.u.ji.ki.ni./i.tte./a.no./mi.se.wa./a.ma.ri./
su.ki.ja.na.i.

□ 絕對不要。

絶対に嫌だ。

ze.tta.i.ni./i.ya.da.

□ 絕對不可能。

絶対無理。

ze.tta.i./mu.ri.

□ 怎麼都無法喜歡。

どうしても好きになれない。

do.u.shi.te.mo./su.ki.ni./na.re.na.i.

□ 天生無法接受他。

彼のことは生理的に受けつけない。

ka.re.no./ko.to.wa./se.i.ri.te.ki.ni./u.ke.tsu.
ke.na.i.

祝福恭賀

☐ 恭喜你畢業了。

そつぎょう
卒業おめでとう。

so.tsu.gyo.u./o.me.de.to.u.

☐ 衷心恭喜你。

こころ　　　　　いわ　　　もう　あ
心からお祝いを申し上げます。

ko.ko.ro.ka.ra./o.i.wa.i.o./mo.u.shi.a.ge.ma.su.

☐ 祝你的夢想全都能實現。

ゆめ　すべ　かな
夢が全て叶いますように。

yu.me.ga./su.be.te./ka.na.i.ma.su./yo.u.ni.

☐ 雖然遲了但祝你新年快樂。

おく
遅ればせながらあけましておめでとう。

o.ku.re.ba.se./na.ga.ra./a.ke.ma.shi.te./o.me.
de.to.u.

☐ 今後也別忘了初心繼續加油。

　　　　　　　　しょしん　わす　　　　がんば
これからも初心を忘れず頑張ってくだ

さい。

ko.re.ka.ra.mo./sho.shi.n.o./wa.su.re.zu./
ga.n.ba.tte./ku.da.sa.i.

☐ 真心表示祝賀。

心<ruby>こころ</ruby>よりお喜<ruby>よろこ</ruby>び申<ruby>もう</ruby>し上<ruby>あ</ruby>げます。

ko.ko.ro./yo.ri./o.yo.ro.ko.bi/mo.u.shi.a.ge.
ma.su.

- -

☐ 祝你幸福。

ご多幸<ruby>たこう</ruby>をお祈<ruby>いの</ruby>りします。

go.ta.ko.u.o./o.i.no.ri./shi.ma.su.

- -

☐ 祝你和家人的人生充滿幸福和歡笑。

ご家族<ruby>かぞく</ruby>の人生<ruby>じんせい</ruby>が幸<ruby>しあわ</ruby>せと笑<ruby>わら</ruby>いでいっぱい

でありますよう。

go.ka.zo.ku.no./ji.n.se.i.ga./shi.a.wa.se.to./
wa.ra.i.de./i.ppa.i.de./a.ri.ma.su.yo.u.

- -

☐ 祝福你有美好的留學生活。

素晴<ruby>すば</ruby>らしい留学生活<ruby>りゅうがくせいかつ</ruby>を祈<ruby>いの</ruby>っているよ。

su.ba.ra.shi.i./ryu.u.ga.ku.se.i.ka.tsu.o./i.no.
tte./i.ru.yo.

- -

☐ 恭喜你升上股長。

係長<ruby>かかりちょう</ruby>へのご昇進<ruby>しょうしん</ruby>おめでとう。

ka.ka.ri.cho.u.e.no./go.sho.u.shi.n./o.me.de.to.
u.

期待

MP3 150

☐ 現在就開始期待能見面。

会えるのが今から楽しみです。

あ　　　　　　　　いま　　たの

a.e.ru.no.ga./i.ma./ka.ra./ta.no.shi.mi.de.su.

☐ 等不及這週末了。

今週末まで待ちきれないな。

こんしゅうまつ　　　　　ま

ko.n.shu.u.ma.tsu./ma.de./ma.chi.ki.re.na.i.na.

☐ 我準備了好東西，你好好期待吧！

いいものを用意してるよ。期待してて！

よういい　　　　　　きたい

i.i.mo.no.o./yo.u.i.shi.te.ru.yo./ki.ta.i./shi.te.te.

☐ 新來的導師，比期待的好多了。

新しい担任の先生は、期待していたよ

あたら　　たんにん　せんせい　　きたい

りずっといい人だ。

ひと

a.ta.ra.shi.i./ta.n.ni.n.no./se.n.se.i.wa./ki.ta.i.shi.te./i.ta./yo.ri./zu.tto./i.i.hi.to.da.

☐ 期待著她的成功。

彼女が成功するのを期待している。

かのじょ　せいこう　　　　　　きたい

ka.no.jo.ga./se.i.ko.u./su.ru./no.o./ki.ta.i./shi.te./i.ru.

□ 他們預定去泰國。

彼_{かれ}らはタイに行_いく予定_{よてい}だ。

ka.re.ra.wa./ta.i.ni./i.ku./yo.te.i.da.

□ 沒想到會這麼早就到了。

こんなに早_{はや}く着_つくとは思_{おも}っていなかった。

ko.n.na.ni./ha.ya.ku./tsu.ku./to.wa./o.mo.
tte./i.na.ka.tta.

□ 一如預期。

期待通_{きたいどお}りです。

ki.ta.i./do.o.ri.de.su.

□ 沒期待中的好。

期待_{きたい}していたほどじゃなかったね。

ki.ta.i./shi.te./i.ta./ho.do./ja.na.ka.tta.ne.

□ 失望了。

期待_{きたい}はずれだな。

ki.ta.i./ha.zu.re.da.na.

□ 請不要太期待。

あまり期待_{きたい}しないでください。

a.ma.ri./ki.ta.i./shi.na.i.de./ku.da.sa.i.

不好意思

□ 好丟臉。

すごく恥ずかしい！

su.go.ku./ha.zu.ka.shi.i.

□ 在大家面前演說感到很害羞。

皆の前でスピーチするのは照れくさい。

mi.na.no./ma.e.de./su.pi.i.chi./su.ru.no.wa./te.re.ku.sa.i.

□ 被家人稱讚，覺得很不好意思。

家族に褒められて、とても照れてしまった。

ka.zo.ku.ni./ho.me.ra.re.te./to.te.mo./te.re.te./shi.ma.tta.

□ 失敗好幾次的話會很丟臉。

何度も失敗すると格好悪い。

na.n.do.mo./shi.ppa.i./su.ru.to./ka.kko.u./wa.ru.i.

□ 總覺得自己很沒出息。

なんだか、自分が情けないです。

na.n.da.ka./ji.bu.n.ga./na.sa.ke.na.i.de.su.

☐ 有洞的話真想鑽進去。

穴_{あな}があったら入_{はい}りたい。

a.na.ga./a.tta.ra./ha.i.ri.ta.i.

- -

☐ 這是很無聊的問題吧？有點丟臉，忘了它吧。

つまらない質問_{しつもん}だね。ちょっと恥_はずか

しい。忘_{わす}れて。

tsu.ma.ra.na.i./shi.tsu.mo.n.da.ne./cho.tto./
ha.zu.ka.shi.i./wa.su.re.te.

- -

☐ 讓客人失望了，覺得自己很沒用。

お客_{きゃく}さん達_{たち}をガッカリさせてしまって

情_{なさ}けない気持_{きも}ちだ。

o.kya.ku.sa.n.ta.chi.o./ga.kka.ri./sa.se.te./shi.
ma.tte./na.sa.ke.na.i./ki.mo.chi.da.

- -

☐ 他為自己的行為感到不好意思。

彼_{かれ}は自分_{じぶん}のふるまいを恥_はじている。

ka.re.wa./ji.bu.n.no./fu.ru.ma.i.o./ha.ji.te./i.ru.

- -

☐ 沒想到是這麼正式的派對，我好丟臉！

こんなフォーマルなパーティーだなん

て知_しらなかった。恥_はずかしい！

ko.n.na./fo.o.ma.ru.na./pa.a.ti.i.da./na.n.te./
shi.ra.na.ka.tta./ha.zu.ka.shi.i.

了解、不懂

MP3
152

□ 我知道了。

わかりました。

wa.ka.ri.ma.shi.ta.

□ 了解。

りょうかい
了解です。

ryo.u.ka.i.de.su.

□ 遵命。

かしこまりました。

ka.shi.ko.ma.ri.ma.shi.ta.

□ 我知道了啦！

わかってるよ。

wa.ka.tte.ru.yo.

□ 原來如此。

なるほど。

na.ru.ho.do.

☐ 是嗎？

そうなの？

so.u.na.no.

☐ 無法心服口服。

納得^{なっとく}できません。

na.tto.ku./de.ki.ma.se.n.

☐ 請再 (說、做) 1 次。

もう 1 度^{いちど}お願^{ねが}いします。

mo.u./i.chi.do./o.ne.ga.i./shi.ma.su.

☐ 請讓我想一下。

もうちょっと考^{かんが}えさせてください。

mo.u./cho.tto./ka.n.ga.e.sa.se.te./ku.da.sa.i.

☐ 怎麼一回事？/ 什麼意思？

どういうことですか？

do.u.i.u./ko.to.de.su.ka.

☐ 為什麼呢？

どうしてですか？

do.u.shi.te./de.su.ka.

同意、反對

MP3
153

☐ 贊成。

さんせい
賛成です。

sa.n.se.i.de.su.

☐ 是啊。

そうですね。

so.u.de.su.ne.

☐ 正是如此。

とお
その通り。

so.no.to.o.ri.

☐ 說的一點沒錯。

ごもっともです。

go.mo.tto.mo.de.su.

☐ 我也這麼覺得。

わたし　　　　おも
私 もそう思います。

wa.ta.shi.mo./so.u./o.mo.i.ma.su.

□ 應該是這樣吧。

多分そうだろうね。
<ruby>多分<rt>たぶん</rt></ruby>そうだろうね。

ta.bu.n./so.u.da.ro.u.ne.

□ 是嗎？

それはどうかな。

so.re.wa./do.u.ka.na.

□ 怎麼會是這樣。

そんな。

so.n.na.

□ 我不這麼覺得。

<ruby>私<rt>わたし</rt></ruby>はそのように<ruby>思<rt>おも</rt></ruby>いません。

wa.ta.shi.wa./so.no./yo.u.ni./o.mo.i.ma.se.n.

□ 不會吧！

まさか！

ma.sa.ka.

□ 我反對。

<ruby>私<rt>わたし</rt></ruby>は<ruby>反対<rt>はんたい</rt></ruby>です。

wa.ta.shi.wa./ha.n.ta.i.de.su.

求救報警

□ 請幫幫我。

たす
助けてください。

ta.su.ke.te./ku.da.sa.i.

□ 來人啊！

だれ
誰かいませんか？

da.re.ka./i.ma.se.n.ka.

□ 請叫會說英語的人來。

えいご　はな　　ひと　よ
英語が話せる人を呼んでください。

e.i.go.ga./ha.na.se.ru./hi.to.o./yo.n.de./ku.da.
sa.i.

□ 可以幫我叫警察嗎？

けいさつ　よ
警察を呼んでくれませんか？

ke.i.sa.tsu.o./yo.n.de./ku.re.ma.se.n.ka.

□ 來人啊，快抓住那個人！

だれ　　　　　ひと　つか
誰か、あの人を捕まえてください！

da.re.ka./a.no./hi.to.o./tsu.ka.ma.e.te./ku.da.
sa.i.

316

□ 請幫我叫救護車。

救急車を呼んでください。
きゅうきゅうしゃ　よ

kyu.u.kyu.u.sha.o./yo.n.de./ku.da.sa.i.

□ 我遭遇意外了。

事故に遭いました。
じ　こ　　あ

ji.ko.ni./a.i.ma.shi.ta.

□ 請幫我按緊急按鈕。

非常ボタンを押してください。
ひじょう　　　　　　お

hi.jo.u./bo.ta.n.o./o.shi.te./ku.da.sa.i.

□ 可以幫我嗎？

手を貸していただけますか？
て　　か

te.o./ka.shi.te./i.ta.da.ke.ma.su.ka.

□ 這裡有醫生嗎？

ここに医者はいますか？
いしゃ

ko.ko.ni./i.sha.wa./i.ma.su.ka.

□ 逃生口在哪？

非常口はどこですか？
ひじょうぐち

hi.jo.u.gu.chi.wa./do.ko.de.su.ka.

國家圖書館出版品預行編目(CIP)資料

「腳麻了」怎麼說？你不能不學的日語常用句 / 雅典日研所

編著. -- 初版. -- 新北市：雅典文化, 民105.10

面； 公分. -- (全民學日語；37)

ISBN 978-986-5753-72-6(平裝)

1.日語 2.會話 3.句法

803.188   105015361

全民學日語　　37

「腳麻了」怎麼說？你不能不學的日語常用句

編著／雅典日研所
責編／許惠萍
美術編輯／許惠萍
封面設計／姚恩涵

法律顧問：方圓法律事務所／涂成樞律師

總經銷：永續圖書有限公司
永續圖書線上購物網
www.foreverbooks.com.tw

CVS代理／美璟文化有限公司
TEL： (02) 2723-9968
FAX： (02) 2723-9668

出版日／2016年10月

　雅典文化

出版社

22103　新北市汐止區大同路三段194號9樓之1
TEL　　(02) 8647-3663
FAX　　(02) 8647-3660

「腳麻了」怎麼說？你不能不學的日語常用句

雅致風靡　典藏文化

親愛的顧客您好，感謝您購買這本書。

為了提供您更好的服務品質，煩請填寫下列回函資料，您的支持
是我們最大的動力。

您可以選擇傳真、掃描或用本公司準備的免郵回函寄回，謝謝。

姓名：　　　　　性別：　□男　□女	
出生日期：　年　月　日　電話：	
學歷：　　　　　職業：　□男　□女	
E-mail：	
地址：□□□	
從何得知本書消息：□逛書店 □朋友推薦 □DM廣告 □網路雜誌	
購買本書動機：□封面 □書名 □排版 □內容 □價格便宜	
你對本書的意見： 內容：□滿意□尚可□待改進　編輯：□滿意□尚可□待改進 封面：□滿意□尚可□待改進　定價：□滿意□尚可□待改進	
其他建議：	

總經銷：永續圖書有限公司

永續圖書線上購物網
www.foreverbooks.com.tw

您可以使用以下方式將回函寄回。

您的回覆，是我們進步的最大動力，謝謝。

① 使用本公司準備的免郵回函寄回。

② 傳真電話： （02）8647-3660

③ 掃描圖檔寄到電子信箱：

　　yungjiuh@ms45.hinet.net

沿此線對折後寄回，謝謝。

廣 告 回 信
基隆郵局登記證
基隆廣字第056號

2 2 1 0 3

雅典文化事業有限公司　收
新北市汐止區大同路三段194號9樓之1

雅致風靡　　典藏文化